フライ, ダディ, フライ

金城一紀

角川文庫 15559

立脚点さえくれたら
私が世界を動かしてみせよう
——アルキメデス

羽を開いて　光の射す方へ
——桜井和寿

私は四十七歳のサラリーマンだ。

姓は鈴木、名は一。

東京生まれの東京育ち。

中肉中背。大旨健康。ただし、駅の階段の昇り降りはかなりしんどくなってきているし、髪の生え際は数年前から徐々に後退し始め、いまでは額の富士が消えかかっている。そういえば記憶力も、ディズニーアニメのチーズのように、ところどころ穴が開き始めている。この前は、「アボカド」という言葉が二日間も出てこなかった。

出身大学は、東京六大学よりワンランクだけ落ちる大学。一浪の末に入学した。学部は経済。勤務先は某大手家電メーカーの子会社。一応、東証一部上場企業だ。役職は経理部部長。一年前に昇進したばかりだ。学歴からいって、これ以上の昇進はないだろう。残念ながら。

自宅は渋谷から私鉄の急行で四十分ほどの新興住宅地にある、一軒家だ。猫の額ながら庭もある。二十年のローンがまだ七年も残っている。支払い始めて三年目に何もかも嫌になり、失踪して沖縄で漁師になろうかと思ったが、意気地がなくてできなかった。そもそも、船酔いがひどいのだ。

毎日、行きも帰りもすし詰めの電車に揺られて会社と家を往復している。電車の戸袋に手を引き込まれ、小指を骨折したことがある。痴漢に間違えられたこともある。胴が樹齢百年のもみの木の幹ほども太い女にだ。その時に人生で初めての殺意を感じた。

趣味は、いまのところゴルフ。初めてコースに出た時、ワンホールで三十も叩いて才能がないのを知ったが、つきあいがあるのでやめられない。むかしはよくジャズを聴いた。LPレコードを百枚ほど持っている。いまはまったく聴かない。

煙草はやらない。酒はたしなむ程度。どうしても外せないつきあい以外は、家で飲む。

名前から何からことごとく平凡なこんな私にも、特別なものがある。家族だ。

妻と、娘が一人。ひとつ年下の妻とは、結婚生活二十二年目だ。名前は夕子。夕子とは、大学時代にサークルで知り合って結ばれた。ちなみに、サークルは《映画研究会》だ。ほとんど映画に興味がなかった私が映研に入ったのは、女優志望の美人の女子がたくさん入部するという噂を聞いたからだ。そして、噂というものがいかにあてにならないかを人生で初めて学んだ。

夕子は料理がうまく、経済観念もしっかりしていて、安心して家庭を任せることができる良妻だ。小柄で、見た目はおとなしく、控え目に見えるのだが、芯の強いところもある。映研の新入生歓迎会の時、自己紹介も兼ねて好きな映画を言わなくてはならなかったのだが、新入生のほとんどが『天井桟敷の人々』とか『甘い生活』とか『去年マリエンバートで』とか『気狂いピエロ』とか、その手の作品を言う中、夕子はきっぱりと、『ローマの休日』が好きです」と微笑みながら言い放ったのだった。頭でっかちの連中から失笑が漏れたが、夕子は決して微笑みを崩さなかった。その微笑みに強く惹かれてしまった私は、歓迎会の途中で夕子を強引に外へ連れ出し、その日のうちに交際を申し込んだのだった。突然の告白に驚き、眩しいものでも見るように目を細めて私を見つめた夕子の顔をいまだにはっきりとおぼえている。きっと、死ぬまで忘れないだろう。

私と夕子は歓迎会の翌日に映研をやめた。その代わりに私は夕子に連れられて、よく映画館に通うようになった。そして、二人で見た映画が三八六本を数えた時、私たちは結婚した。ちなみに、記念すべき三八六本目は名画座で見た『灰とダイヤモンド』という映画だ。素晴らしい作品で、私の生涯変わらぬベストワンの映画だ。

娘は十七歳で、名前は遥。新宿区にある、女子高に通っている。偏差値が、私のウエストの数値ほどもある高校だ。良家の子女も多く通っているらしく、名門校として名を馳せている。そういえば、チケット制で関係者以外は入れない学園祭に潜り込もうとする、オチコボレの男子校の連中の話を、遥から聞いたことがある。《高嶺の花》をどうにか手に入れようとする不逞の輩たちなのだろう。娘が心配だ。

娘は美人だ。親の欲目ではない。娘は中学二年の時に渋谷で、ある有名芸能プロダクションの人間にスカウトをされた。娘はその気になった。私と妻は真剣に頭を悩ませた。ステージパパになるのも悪くない、と思ったが、芸能界事情に詳しい週刊誌マニアの会社の同僚から、あまりに不道徳な噂話を聞かされたので、強硬に反対した。二週間ほど娘との冷たい戦争が続いたあと、親子の縁を切る、と最後通牒を娘に突きつけた。娘は一晩中泣き通した。胸が痛んだ。それでも娘が諦めなければ、たぶん、私が折れていただろう。スカウトされた時にもらった芸能プロの名刺は、いまでも財布の中に忍ばせてある。たまに取り出しては眺め、娘の美しさを誇りに思う。娘には内緒だ。

私の夢——。

娘の幸せ。何よりも。私の生命よりも。

自分には殊更なことは望んではいない。定年退職後に釣りでもおぼえ、可愛い孫たちに囲まれながら安穏な余生を過ごせれば、それでいい。あとは、妻とのんびりイタリア旅行にでも行ければ。妻に、ローマを見せてやりたいのだ。

私は妻と娘を愛している。可もなく不可もない人生の道程で、妻と娘の存在だけが私の誇りであり、守るべき宝なのだ。人事の家族調査欄に妻と娘のことを記す時の至福。その至福を乱し、汚す者は許さない。そう、私は家族を守るためなら生命の危険も厭わない四十七歳のサラリーマン、のはずだった。

そう信じていた。

あの日が訪れるまでは——。

いまから私が話そうと思っているのは、私のひと夏の冒険譚だ。

7月9日

私はその日のことを生涯忘れないだろう。

それは、気象庁が昨年より二週間ほど早い梅雨明けを宣言した日で、昼食は会社の近所の行きつけのそば屋でもりそばを食べた。仕事を終えたのは、いつものように午後八時十五分。帰り支度をしていると、同期入社の藤田が飲みの誘いにやってきたが、断った。藤田は二十年連れ添った奥さんと離婚を前提に別居中で、高校生の一人息子も一緒に家を出て行ってしまったらしく、「この歳で独りになるのはこたえる」と言って、ここ最近はやたらと私に声を掛けるようになった。独りの夜を少しでも短くしたいのだろう。

「おまえがうらやましいよ」

別れ際、藤田に皮肉混じりでそう言われたが、曖昧に笑ってやり過ごした。軽い優越を感じたのは確かだ。藤田は出世では常に私より一歩先を行き、いまは統括部長になっている。藤田の別居の原因は、仕事に追われ家庭を顧みなかったからだ。まるで判で押したような理由だ。しかし、私が藤田のようにならなかった保証はどこにある? 藤田と同じように仕事をこなしてきた私と藤田の差は、紙一重のように思える時がある。そして、そのたびに暖かい家庭に帰ることのできる幸運を噛み締めるのだ。

いつものようにすし詰めの電車をうまく乗り継ぎ、十時ぴったりに自宅の最寄り駅に着いた。早足で改札を抜け、駅前のバスロータリーに向かった。駅から自宅までは二キロほどで歩けない距離ではないが、バスを利用している。

いつものように十時三分に八番乗り場に着くと、《スタメン》の八人が並んでいた。体力の衰えを感じ、バスに乗り始めたのはこの五年ほどで、よっぽどのことがない限り、ウィークデイは毎晩十時十分発のバスに乗ることにしている。それ以降のバスに乗ると、混雑で座れないことが多いからだ。そして、この五年間、十時十分発のバスに駅から乗り込むのは、まったく同じメンバーだった。私を含む、背広姿の男が九人。誰かがなんらかの事情で列に並ばずに、時折数が減ることはあっても、不思議と増えることはなかった。私たちはまるで野球の不動のスターティングメンバーのように、毎日列を作っていた。

小さく頭を下げて会釈をしながら列の最後尾につくと、他のメンバーたちも同じようにいっせいに頭を小さく下げ、会釈を返した。ベンチ入りの儀式が終わると、他のメンバーたちはスポーツ新聞や週刊誌を広げて読み始めたり、目を閉じて黙想を始めたりと、いつもの通り思い思いにバスの到着までの時間を過ごし始めた。私たちはお互いの名前を知らなかった。そもそも、言葉を交わすことさえなく、目を合わすことも滅多になかった。五年の歳月を考えると、それは不自然であり、多少寂しくもあったが、無理に相手の懐に立ち入らない関係が、心地良いことも確かだった。

十時十分ぴったりに、バスが到着した。私たちは整然とバスに乗り込んだ。バスの運転手もこの五年間、変わっていない。私と同年代に見える運転手は、私たちが乗り込むあいだ、いつものように大きなハンドルに両腕を載せ、退屈そうに前を眺めていた。私たちが差し向ける定期券を見ようともしない。私が乗り込むと、バスは体についた水気を嫌う老犬のように、小さくブルブルと車体を揺らし、なんの気負いもなく発進した。

バスは一直線の道を、赤信号で停まる以外は、淡々と走り続けた。六つ目の停留所で降りるまでの十分ほどのあいだ、私はいつものように左側の窓際の席に座り、車窓を流れるいつもの風景を眺めていた。この五年間で変わったことと言えば、ある企業のコンビニが潰れ、違う企業のコンビニになったことぐらいだ。

降車ブザーを押すこともなく、当たり前のように私が降りる停留所でバスが停まった。私がバスの中の誰にともなく頭を下げると、みんながいっせいに頭を下げた。

バスを降りて、家までの短い距離を歩いた。美しい夜だった。夜空に雲はなく、ビロードのような黒を背景に銀色の月が輝いていた。時折頬を撫でる風からは、いまを盛りに芽吹いている緑の生臭い匂いをかすかに感じ取ることができた。

歩きながら、深く息を吸って、吐いた。私を取り巻く世界は、心を躍らせるような目立った変化はないにせよ、正常に機能しているように思えた。

家の前に着いた時、異変に気づいた。いつもは点いているはずの、リビングと二階の遥の部屋の灯が消えていたのだ。それに、常夜灯も。要するに、家中の灯が落ち、我が家は単なる暗い箱になって、私の前に存在していた。その時に私が真っ先に思ったのは、妻と娘が私を置いて家を出て行ったのでは、ということだった。そう、藤田の身に起こったようなことが私にも――。

不吉な予感に囚われながら、腕時計を見て、時間を確かめた。午後十時三十分をまわっていた。高校を卒業するまで、という約束で遥と取り決めた門限は、午後十時だった。遥は面倒臭がりながらも、これまではきちんと守っていたようだった。帰宅した時、家の前で立ち止まり、遥の部屋の灯を眺めるのは私の日課であり、喜びでもあった。いま、私の目に映る遥の部屋の窓は、ガイコツの眼窩のように暗かった。

何かが、あったのだ。

予感が確信に変わるのを感じながら、門扉を乱暴に押し開け、急いでドアに取りつき、鍵を開けた。

家の中は、外から見るよりももっと暗く、私は見知らぬ街で迷子になった三歳児のように途方に暮れた気持になった。だが、誰かの庇護を求めて泣くわけにもいかず、私はかすかな望みを胸に廊下に上がり、人影を求めてまずはダイニングへ向かった。

ドアを開け、灯のスイッチを押すより先に、暗闇に目を凝らして人影を探した。暗闇に馴れ始めた目に人影は映らず、私は失望を感じながら、灯のスイッチを押した。光がテーブルの上の白に反射し、私の目を吸い寄せた。四角い紙切れが置いてあった。テーブルに急いで近寄った。夕子のメモだった。

《何度か携帯電話に連絡を入れたのですが。病院へ行きます》

メモの末尾には、都内にある、有名な大学付属病院の名前が記されてあった。

私はメモをテーブルの上に戻したあと、通勤カバンの中から慌てて携帯電話を取り出した。経理という仕事柄、普段はほとんど鳴ることもないので、電源はオフのままのことが多い。電源を入れ、留守番機能に吹き込まれたメッセージをチェックする。午後八時を頭に五件も入っていて、それらはすべて夕子からのものだった。

「夕子です。さっき連絡があって、遥がケガをしたらしくて――」

電波の状態のせいか、それとも不安のせいか、夕子の声はかすれ、震えていた。

私は通勤カバンをテーブルの上に放り出し、小走りで玄関へ向かった。靴を履こうと、さっき脱いだはずの靴を探した。見当たらない。どこにも。膝(ひざ)の力が抜け、しゃがみ込んでしまった。

これは誰かが仕掛けた悪質なイタズラに違いない。きっと、そうだ――。うなだれて、視線が下に向いた。

靴を履いたままだった。

現実が息を吹き返し、私の肩に重くのしかかった。いまはただ現実を忘れ、自分の間抜けぶりを笑いたかったが、私の口から漏れたのは浅いため息だった。

とにかく、病院へ向かわなくてはならない。遥のケガはたいしたことないだろう。たぶん。それを確認した時、ゆっくりと笑えばいい。

私はどうにか重い腰を上げ、家を出た。

タクシーに乗って東名と首都高を乗り継ぎ、病院へ着いた時には、午前零時を少しだけまわっていた。

夜間専用の救急口の前で、タクシーを降りた。財布の中の二枚の一万円札が姿を消し、残ったのは背広のズボンに入っている小銭だけになり、ひどく心細い気持になった。うまく乗り継げれば、東京までの移動は電車で可能だったかもしれないな——。

救急口の前で立ちすくみ、空の財布を見ながらそう思っている自分に気づいて、我が身を呪ってやりたくなった。ここに辿り着くまでのあいだに、娘の安否を気遣い、身を焦がすように心配していた思いのすべてが無駄になってしまった気がした。私は首を強く横に振り、余計な雑念を頭の中から追い出したあと、救急口の自動ドアの前に立った。

夜間受付で娘の名前を告げると、夜勤のガードマンらしい老人に、七階に上がってくれ、と言われたので、エレベーターホールに向かった。エレベーターの到着を待っているあいだに各階の案内表示板を眺めると、七階は入院病棟となっていた。入院という文字を見て、胃のあたりに鈍痛が走った。突然、ポン、というエレベーターの到着を知らせる低い電子音が鳴り、私の身体は音に過剰に反応してビクッと震えた。私は大きく深呼吸をして、箱に乗り込んだ。

エレベーターが上昇し、階数表示がひとつずつ増えていくに従い、私の鼓動の速さも徐々に増していった。こんなに緊張したのはいつ以来だろう？　答えが出る前に再び、ポン、という電子音が鳴り、箱が止まった。ドアがゆっくりと開くと、薄暗いエレベーターホールが、目の前に広がっていた。照明を最低限に絞った、人為的で無機質な薄暗い闇だった。私の足は、その闇の中に入っていくのを拒絶するかのように、動かなかった。ドアが閉まりかけたので、慌てて手を伸ばし、《開》のボタンを押した。私はボタンを押したまま箱の中で立ちすくみ、薄暗い闇を見つめていた。正直に言おう。その時に、私を迎えに来た夕子の姿が視界に入ってこなかったら、私は《開》のボタンから手を離し、《1》を押したあと、続けて《閉》を押していたかもしれない。

「あなた……」

突然箱の外に現れた夕子はそう言って、箱の中の私の顔をじっと見つめた。

その時の私は、いったいどんな顔をしていたのだろう?

私の表情から何かを感じ取ったのか、夕子の顔がいまにも泣き出しそうに、にわかに曇った。私は慌てて箱から飛び出し、言った。

「遥はどんな具合なんだ?」

夕子は答えず、相変わらず泣きそうな顔で私を見つめている。私はかまわず続けた。

「ケガって、どんなケガなんだ?」

夕子の口がゆっくりと開いた。

「顔とおなかをひどく殴られて……」

夕子はそこまで言うと、残りは低い嗚咽に変えて、泣き始めた。私は軽い苛立ちを感じながら、訊いた。

「殴られたって、誰に？　どうして？」

夕子は泣きながら首を振るばかりで、答えようとはしなかった。

「命に別状はないんだな？」

私がそう訊くと、夕子は小さくうなずいた。

「遥の様子を見たいから、病室に連れて行ってくれ」

夕子はまた小さくうなずき、嗚咽を収めながら、あっちです、とつぶやくように言って、左手の廊下に向かって歩き始めた。夕子のあとに続こうと足を動かそうとした時、右の頬のあたりに誰かの視線を感じて、足を止めた。視線が来るほうに顔を向けた。

エレベーターホールの右手の奥にある待合い所のベンチに、学生服姿の男が足を前に投げ出してだらしなく座りながら、私を見ていた。私を値踏みするように見つめるふたつの目は、薄暗い闇の中で、獰猛な猫科の獣のそれのような輝きを放っていた。

視線に射抜かれ、戸惑っている私に気づいたのか、男は口元に薄い笑みを浮かべた。嘲笑と呼んでいい類のものだろう。

「あなた」

夕子の呼ぶ声が左手から響いた。私は男から視線を外し、夕子のもとへ小走りで駆け寄った。男の嘲笑が、私の背中を執拗（しつよう）に追い掛けて来ているのを感じた。その感覚は、廊下の突き当たりの角を曲がるまで、続いた。

角を右に曲がってすぐに私が目にしたものは、廊下の奥にある病室のドアの前で固まっている三人の男たちだった。一人は背広姿で、私と同年代に見える男。もう一人は赤いトレーニングウェアの上下を着ている、三十がらみの男。最後の一人は白衣を着ている、大学生のようなたたずまいの男。たぶん、夜勤の研修医かなんかだろう。

「あの人たちです」

後ろから、夕子の声がした。夕子の声は、幾分の敵意を帯びているように聞こえた。私は、《あの人たち》がどんな意味を含んでいるのか問うことはせず、三人組に向かって歩を進めた。

トレーニングウェアの男が私と妻の姿に気づき、背広姿の男に何かを耳打ちした。すると、背広姿の男が白衣の男に目配せをした。白衣の男はさりげない風を装いながら、持っていた白い封筒を白衣のポケットに入れた。

私が三人組のそばに辿り着いて歩を止めるのとほとんど同時に、背広姿の男が固まりの中から一歩を踏み出した。私と背広姿の男が相対する恰好（かっこう）になった。

私が三人組の誰にともなく、事の次第を問い質そうと口を開きかけた時、背広姿の男が機先を制するかのように背広の内側に左手を差し入れた。やけにもったいぶった動きだった。まるで、映画の中の殺し屋が圧倒的に有利な状況で拳銃を取り出す時のような。しかし、背広の内側から取り出されたのは拳銃ではなく、名刺だった。

背広姿の男は私に名刺を差し出しながら、言った。

「わたくし、こういう者です」

曇りのない、堂々とした声色だった。

私は少しの気後れを感じながらそれを受け取り、目を通した。

《海南高等学校・教頭　平沢章吾》

記されていたのは娘の高校ではなかった。意味をつかめないまま視線を上げ、平沢を見た。平沢は名刺を差し出した左手をそのままに、無表情に私を見つめていた。数秒のあいだ、平沢の顔と左手を眺めて、ようやくその答えに気づき、私は背広の内ポケットから名刺入れを取り出して名刺を抜き出した。そして、それを平沢に差し出す時、無意識のうちに小さく頭を下げている自分に気づいた。長年のサラリーマン生活の習性？　それとも？

「わたくしは、こういう者です」

平沢は相変わらず無表情のまま名刺を受け取ると、興味がなさそうに一瞥して、すぐに内ポケットに仕舞った。その態度に反発をおぼえたが、とりあえず娘の容態と事の次第を尋ねようと口を開きかけた時、また平沢に機先を制された。

「詳しい話はあとにしまして、まずは娘さんにお会いになられてはいかがでしょう」

提案というよりは、指示に近い口調だった。膨らんでいく反発をどうにか抑え、その言葉に従うことにした。一刻も早く遥に会いたかったからだ。私がうなずくと、白衣の男が病室のドアを静かに開けた。

病室に足を踏み入れた。外と同じような薄暗い闇。六畳ほどの部屋の中にベッドがひとつ。ベッドサイドテーブルの小さな照明だけが点(とも)っていて、ベッドに横たわっている遥の横顔をほのかに照らしていた。遥の横顔には大きなガーゼが貼りつけてあり、腕には点滴の管が伸びている。

私は病室に入ってすぐの場所で、足を止めた。気配を感じ取った遥が、顔をゆっくりと私のほうに向けた。照明がピンスポットのように当たり、遥の顔がはっきりと浮かび上がった。

ガーゼに覆われていない右目は腫(は)れ上がり、ほとんど塞(ふさ)がっていた。下唇には縦に深く刻まれた裂傷がひとつあり、上唇には小さな引(ひ)っ掻(か)き傷のようなものがいくつもあった。

遥は右目を必死に開け、私の姿を捉(とら)えたあと、毛布の中から点滴の管が繋(つな)がれた左腕を抜き出し、私に向かって差し延べた。

「おとうさん……」

なんという弱々しい声――。

しかし、私は同じ場所に立ったまま、動かなかった。

「……おとうさん」

遥は腕をぴんと伸ばし、さっきよりも左手を高く上げ、私の手を欲しがった。

私は自分に命じた。

動け動け動け――。

命令に反して足は動かず、私はただ宙に浮いたまま小刻みに揺れている遥の手を眺めていた。遥の顔を、絶望の色が覆いつつあるのが分かった。遥の口が何かを言おうと小さく開いたが、音は出なかった。やがて、遥の左手はベッドの脇へとゆっくり落ちていき、右目からは一筋の涙がこぼれ出た。遥は首を反対側にまわし、私から顔を背けた。細い肩がかすかに揺れている。

私の横を夕子が通り抜け、ベッドに駆け寄った。そして、床にひざまずき、遥の手を握ったあと、振り向いて何かを訴えるような視線を私に送った。私が夕子の顔から視線を外して床に向けた時、後ろから白衣の男の声がした。

「えーと、症状は顔面や腹部の打撲ですね。それと細かい裂傷もいくつか。打撲からくる軽い発熱もあります。一週間もあれば腫れは引き始めると思います。入院は長くても二週間ほどで大丈夫だと思います。あとは――」

私が急に振り返ると、白衣の男は驚いて言葉を止めた。私は白衣の男を押し退(の)けて、病室を出た。

病室の外では、平沢とトレーニングウェアの男が待ち構えていた。

「これはいったいどういうことなんだ！　説明しろ！」

私が平沢に向かって詰め寄ると、トレーニングウェアの男が私と平沢のあいだに割って入り、確信的な無表情で私を見つめた。威嚇(いかく)のつもりなのだろう。確かに効果は抜群だった。男の両方の眉毛(まゆげ)のあたりには刃物で切られたような傷跡があり、鼻は平たく潰(つぶ)れていた。そして、何よりも三白眼の目がまるで凶暴な鮫(さめ)のそれのように見え、酷薄さを醸し出していた。

「あんたはなんなんだ？」

私がトレーニングウェアの男に向かってそう言うと、男の背後から平沢の声がした。

「我が校の教諭の安倍(あべ)です」

平沢は安倍の肩を横に押し、安倍を私の前からどかせて、再び私に相対した。相変わらずの冷たい眼差し。その冷たさに抗おうと、また声を荒らげて詰め寄ろうとした時、平沢が左手の人差し指を薄い唇の真ん中に縦にあてた。私はその動作に従順に反応してしまい、出掛かった声を呑み込んだ。一瞬にして、静寂が廊下に行き渡った。平沢が唇にあてていた指を離し、前に倒して廊下の先にあるナースステーションを差したあと、子供を諭すような声で、言った。

「向こうでお話ししましょう」

平沢から聞いた話はこうだった。

遥が学校帰りに渋谷の街を徘徊していた時、ある高校生の男と偶然出会い、誘われて一緒にカラオケボックスに行った。そこで些細な理由で諍いを起こし、男のほうが思わず遥に手を上げてしまった。自分のやったことに混乱した男は、平沢に連絡をしてきて助けを求めた。平沢は安倍とともにカラオケボックスに駆けつけ、遥を病院に運んだ――。

たわ言だ。

私は平沢に向かって、言った。

「娘がどこの馬の骨とも分からない男に声を掛けられてついていくなんて、ありえない。そんなこと、あるわけがない！」

平沢が私の大声に、あからさまに不快な表情を見せた。私は失念を恥じ、慌てて、すいません、と小さな声で謝った。

「でも――」

平沢の声が私の言葉の続きを遮った。

「私たちの頃とは時代が違うんですよ。それに、親が子供に対して抱いているイメージが、実像と重なることはほとんどありません。残念ながら」

「そんなこと――」

「私は長年教育の現場に携わってきましたので、それは断言できます」

反駁の言葉が見当たらなかった。当たり前だが、私は遥のすべての行動を把握しているわけではない。そうである以上、とりあえずは平沢の言葉を客観的な事実として受け入れるしかないような気がした。たとえ納得がいかなかったにしろ。

「諍いの原因はなんなんですか？」と私は訊いた。「娘があんなに殴られなきゃならなかった原因はなんだったんですか？」

平沢はかすかに表情を崩して、言った。

「まあ、若い二人ですから、そこらへんはご斟酌くだされば」

平沢の隣に立っていた安倍が、初めて言葉を口にした。

「よくあることです」

顔と同じように、威嚇を含んだ荒っぽい声だった。私が反感の眼差しを向けても、安倍は気にするふうもなく、繰り返した。

「よくあることです」

続けて、平沢が口を開いた。

「相手の男子学生も、深く反省しています」

私はその言葉に食らいついた。

「そいつに会わせろ！」

平沢がはっきりと見下した眼差しで私を見た。廊下に私の大声の残滓が漂っているような気がして、ひどく恥ずかしい気持になった。私は意識して声を落とし、言った。

「そもそも、なんであんたたちがここにいるんだ？　そいつの両親はどうしたんだ？」

平沢は無言で私を見つめている。私は沈黙に戸惑い、耐え兼ね、言った。

「なんだっていうんだ？　いったいどうなってるんだ？」

私の声は無意識のうちに哀願の色を帯びていた。そのことに気づき、全身から力が抜けていくのを感じた。平沢が頃合いを見計らったように、口を開いた。

「相手の学生は将来ある若者です。もちろん、あなたの娘さんもそうです。ことは、言うなれば痴話喧嘩の類です。そんなことで、二人の若者の将来を暗くするのは、あなたも本意ではないでしょう? 特に、娘さんの評判に傷がつくのは」

平沢はそこまで言って、いったん言葉を区切り、思い出したようにつけ加えた。

「そういえば、幸い、娘さんのお顔には傷は残らないと医師が申しておりました」

平沢が私の目をきちんと見つめ直した。安倍に負けない迫力が目に宿っていた。平沢は私の顔を見据えたまま、言葉を続けた。

「お約束ください。これ以上、騒ぎを大きくしないことを」


平沢に連れて行かれたのは、エレベーターホールのそばの待合い所だった。ベンチには、さきほど嘲笑に似た笑みを私に向けた男が相変わらずだらしなく座っていて、上目遣いに私を見ていた。安倍が男に向かって、石原、と諌める口調で名前を呼んだ。

石原は、ふてくされたようにベンチから腰を上げた。安倍が石原の後頭部を軽く叩いた。石原は義務的に頭を小さく下げて、言った。

「すいませんでした」

謝罪の続きを待ったが、石原は視線を斜め下に向け、相変わらずふてくされたように立っていた。いまにも舌打ちの音が聞こえてきそうなたたずまいだった。

安倍が、また石原の後頭部を叩いた。石原が口を開いた。

「悪気はなかったんです。ついカッとなってしまって。どうか許してください」

誰かに渡されたセリフを、棒読みしているような口ぶりだった。その時に私が感じていたのは、怒りよりも深い疲労だった。今日は月曜日で、明日はいつものように会社に行かなくてはならない。平沢の言うように、ここでひと悶着(もんちゃく)を起こして肉体的にも精神的にも疲弊するのは、私の本意ではなかった。できることならいますぐにでも事態を切り上げて家に戻り、ベッドの中に潜りこみたかった。私は本来なら、六時間睡眠を心がけているのだ。睡眠のピークは三時間ごとに訪れるので、三の倍数の睡眠時間で区切るのが最適なのだ。そう、いますぐに帰れば、六時間は無理としても、三時間は眠れるだろう。暑くなるはずの明日に備えて、少しでも体力を蓄えておかなくてはならない。こんな連中にかかずらって、私の大切な睡眠時間を無駄にすることはないのだ。さあ、文句のひとつやふたつでも言い、丸く収めてしまえ——。

私は石原に向かって飛び掛かった。しかし、安倍が素早い動きで私と石原のあいだに身体を滑り込ませ、両手で私の胸を思い切り押し返した。あとずさりながら足をもつれさせた私は、床に尻餅(しりもち)をついてしまった。どすん、という音が静まり返っていたフロアに響き渡った。すぐには立ち上がれなかった。身体が異様に重く感じられ、それに、どの関節も動くのを拒否するかのように、ガチガチに固まっていた。私は冷たい床に重い尻をつけたまま、石原を、安倍を、見上げていた。石原が私の顔を無表情に見つめながら、首を左右に折って、コキコキ、という音を鳴らした。安倍は両方の手首をグルグルとまわしたあと、こぶしを握り締めた。どうやら二人のウォーミングアップは済んだらしい。最後の一人、平沢が石原の横に寄り添うようにして立ち、私を見下ろした。憐れむような、蔑むような眼差しで。

「本人もこのように事態に混乱しながらも、深く反省しております」

平沢はそこまで言って、私に左手を差し出した。私はその手を無視した。平沢は何事もなかったかのようにその手を顔の前に持っていき、手首に巻いてある腕時計を見て、言葉を続けた。

「もうこんな時間ですし、明日またこちらに伺いたいと思います。我々は生徒を家まで送り届けなくてはなりませんので、一緒に失礼したいと思います」

平沢が小さく頭を下げると、石原と安倍もそれに倣って、小さく頭を下げた。そして、平沢が、その夜に初めて微笑み、言った。

「それでは」

三人が私の前から歩き去っていく。私は相変わらず床にへたり込んだまま、エレベーターホールへと歩を進めている連中の背中を目で追っていた。連中がエレベーターホールに辿り着き、歩を止めた。安倍が笑いながら何かをつぶやき、石原の頭を叩こうとすると、石原はおどけるように身をよじって、安倍の手を逃れた。その動きで顔が私のほうに向き、石原が私の視線に気づいた。乏しい照明の光の中に、石原の挑発的な笑みが浮かび上がった。私は深く息を吸い込んだあと、ゆっくりと腰を上げ、エレベーターホールに身体を向けた。石原たちとの距離は、十五メートルほどだろうか。エレベーターが到着する前にそこに辿り着き、連中に襲い掛かるのだ。そこから先は知ったことではない。さあ、行くぞ――。

私が足を動かそうとした時、石原が咄嗟に両腕を折り曲げ、ボクシングのファイティングポーズを取った。そして、左のこぶしを素早く前に繰り出し、元の位置に戻した。ほんの一瞬の動作だったが、石原がボクシング経験者であることは分かった。それは、きちんと訓練された、機能的で、無駄のない動きだった。繰り出されたパンチは鋭く、重そうで、空を切り裂く音が聞こえてきたほどだった。

そんなわけで、私はその場から一歩も動かず、連中がエレベーターの中に消えていくのを黙って見送った。箱に乗り込む前、石原は不敵な笑みを、安倍は嘲笑を、平沢は慇懃無礼なお辞儀を私に送ってくれた。手でも振り返せばよかっただろうか？

連中が消えたあとのフロアには、耳が痛くなるような深夜の静寂が満ち、病院本来の整然とした秩序が私の前に現れた。その中で、私だけが異質だった。私はいまにも叫び声を上げ、静寂も秩序も搔き乱してやりたいと思っているのだから。しかし、それができるぐらいの度胸があったら、さっきから同じ場所に立ちすくんでいず、とっくに連中に襲い掛かっていただろう。そう、私にできることと言えば、その場にうずくまり、屈辱を噛み締めながら静寂と秩序に同化しようと努めるぐらいだ。そして、私は実際にそうした。夕子が迎えに来なければ、いつまでもそうしていたかもしれない。

「どうしたんですか?」

夕子が、囁くような声で訊いた。

「なんでもない」私は立ち上がって、言った。「遥は?」

「鎮静剤を打ってもらって、眠ってます」

「そうか……」

私は、軽く息を吸って吐き、言葉を続けた。

「帰ろう」

帰りのタクシーの中では、夕子と一言も言葉を交わさなかった。

夕子はドアにもたれ、顔をずっと窓の外に向けていた。私は反対側の窓の外に顔を向け、通り過ぎる風景を眺めていた。街はひどく冷たい眼差しで私を見つめ返していた。

家に着いたのは、午前二時半。

軽くシャワーを浴び、歯を磨き、ベッドに入ったのは、午前三時。

隣のベッドで寝ている夕子が寝息を立て始めたのは、午前三時半。

目覚まし時計が鳴り出したのは、午前六時。

夕子がベッドを出たのは、午前六時三分。

私がベッドを出たのは、午前六時十五分。

一睡もしなかった。

日常の歯車は、完全に狂ってしまった。

私を取り巻く世界は、破綻（はたん）しかかっている。

7月10日

朝食の席でも、夕子とはほとんど言葉を交わさなかった。気詰まりな沈黙を消すために、「学校のほうは大丈夫なのか?」と訊くと、「昨日で期末試験が終わって、今日から試験休みに入るから大丈夫です」という言葉が返ってきた。そうだった。私は、遥の日常に関して、何も把握していない。

支度を済ませ、家を出る前にキッチンで食器を洗っている夕子の背中に、「帰りに病院に顔を出すから。夕飯の支度は大変だったら、いいから」と声を掛けた。夕子は振り向かずに、小さくうなずいた。

家を出て朝の光を浴びた瞬間、見えない手にまぶたのあたりを軽く押さえつけられているような圧迫感に襲われた。大学時代に、徹夜明けで雀荘(ジャンそう)を出た時によく味わった感覚だった。あの頃は二、三日徹夜が続いても、なんともなかった。もう二十年以上もむかしのことだ。私は指でまぶたをほぐしながら、駅へと向かう道を歩いた。

いつものように詰め電車に乗って会社に辿り着き、いつものようにデスクに座って仕事をした。そして、昼休みにはいつものように会社の近くのそば屋に行き、そばを頼んだ。いつもと違ったのは、食欲がまったくないことだった。今朝は朝飯もほとんど喉（のど）を通らなかった。

午後七時過ぎに仕事を切り上げ、遥が入院している病院に向かった。

最寄り駅で電車を降り、駅前から西に長く延びている、だらだらした坂をのぼった。のぼり切ったところで右に折れ、桜並木で有名な高台の道を歩いた。花がついていない夜の桜並木は、ただ殺風景なだけだった。まっすぐ五分ほど行くと、病院に着いた。

昨夜のように救急口からではなく、正面入口から入った。エレベーターホールを探すのに少しだけ手間取り、エレベーターに乗った。七階に着き、箱から下りた。昨夜とは違い、照明がきちんと点（とも）っていて明るく、看護婦や入院患者たちの往来もあって、フロアに活気が感じられた。私は右手にある待合い所には視線を向けないまま、遥の病室へ向かった。

病室のドアの前に、夕子がうつむきながら立っていた。何かに気を取られているようで、私が近づいてくるのに気がつかない。私が目の前に立つと、夕子は驚きで肩を震わせ、顔を上げた。

「遥は？」

「今日、精密検査を受けて、特に異常はないって言われました」

「そうか」

私はそう言って、ドアのノブに手を伸ばした。すると、夕子が私の腕を咄嗟に摑んで、私の手の動きを牽制した。

「なんだ?」

夕子は、ためらいがちの視線を私に向けた。

「遥が、会いたくないって……」

「俺にか?」私は驚いて、言った。「俺に会いたくないって言ってるのか?」

夕子は、かすかにうなずいた。私は夕子の手を振り払って、ドアを開けた。

「入ってこないで!」

遥の叫び声とともに枕が飛んできて、私の顔にぶつかった。私は昨夜とほぼ同じ位置で立ち止まり、遥を見た。遥はベッドの上に膝を崩して座りながら、左手を私に向かって伸ばし、私の歩を押しとどめるように手のひらを向けていた。顔の左半分には相変わらずガーゼが貼りついていて、痛々しい。そして、右目には私への不信が強い光となって点っていた。私は黙って立ちすくんだまま、その光を見つめていた。

遥の左手が徐々に下がっていき、ベッドの上に載った。遥の目の光が急に弱まった。

「出てって……」

私は足もとに落ちている枕を拾い、踵を返して病室を出た。ドアの前で待っていた夕子に枕を渡し、待合い所で待ってる、と言って、廊下を先に向かって歩いた。

待合い所に辿り着き、ベンチに座った。持っていた通勤カバンを床に置いたあと、前かがみになり、深いため息をついた。太陽の光を浴びているわけでもないのに、見えない手がこめかみのあたりをぎゅっと締めつけている。息を吸った。空気が心臓のあたりで固まり、重いしこりとなって、心臓を圧迫する。苦しい。苦しい。苦しい……。

バケツとモップを持った年老いた男の清掃員が現れ、目の前の床をモップで拭き始めた。昨夜私がうずくまったあたりを、念入りに拭いている。顔には、なんの感情も浮かんでいない。ただ義務を果たすために、機械のように動いている。私は両手で頭を抱えた。床の汚れは拭けば消えるだろう。遥の顔の傷もやがては消えるだろう。しかし――。

気がつくと、清掃員はいなくなっていた。少しの水気を残している床は、照明に照らされてぬらぬらと不気味に光って見えた。

病院を出て、駅に向かって桜並木を歩いている時、夕子がひどく心細げな声で言った。

「遥、なんにも喋ってくれないんです……」

私は小さくうなずき、そうか、と相槌を打った。それから家に戻るまでのあいだ、夕子は一度も口を開かなかった。

最寄り駅に着き、バス乗り場に向かうと、スタメンたちの姿がなかった。腕時計を見ると、まだ九時二十分だった。私は見慣れぬ若い男女の列に加わりながら、日常の中のたわいのない齟齬にかすかな苛立ちをおぼえていた。

帰宅してすぐに、夕子が白い封筒を私に差し出した。

「夕方にあの人たちが来て、これを置いていきました」

封筒を受け取り、中に入っているものを少しだけ引き出した。一万円札の束だった。

「慰謝料のようなものだって、言ってました」夕子の声は、驚くほどに無表情だった。「入院費も、退院したあとに領収書を送ってくれれば払うからって」

私はうなずいて、中身を封筒の中に戻した。夕子は短い沈黙のあと、ため息をついて、言った。

「夕飯、どうしますか？」

私は首を横に振って、いらない、と答えた。

ベッドに入ったのは、午前零時。

目覚まし時計が鳴り出したのは、午前六時。
夕子がベッドを出たのは、午前六時三分。
私がベッドを出たのは、午前六時十五分。
一睡もしなかった。
また同じような一日が始まる。
いつまで耐えられるだろう?

7月12日

この数日、ほとんど寝ていない。会社の行き帰りの電車やバスの中でうとうとするぐらいで、あまり眠くもならなかった。ベッドに入っても、夜が明けるまで闇を見つめて過ごした。

食事もほとんど摂っていない。食欲が湧かないし、どういうわけか空腹感にも襲われない。

遥に拒絶されて以降、病院にも行っていない。夕子とは最低限の会話しか交わさなくなった。遥は？ 相変わらず何も喋ってくれません。そうか……。

私が長年かかって築き上げた日常は脆くも瓦解しかかっていて、あとは何かのきっかけがあれば、跡形もなく崩れ落ちるはずだった。そして、それは呆気なく訪れた。会社の昼休みに。行きつけのそば屋で。

その時、私は目の前に置かれたもりそばには手をつけず、麦茶の入ったコップを手に、店のテレビをぼんやりと見るともなく見ていた。画面にはスポーツニュースが映っていて、あるプロ野球選手の引退の話題が流れていた。その選手は確か、遥が生まれた年にプロ入りしたはずだった。

引退のニュースと伸び切ったもりそばに見切りをつけ、財布からそば代を取り出し、席を立とうとした時、テレビから、どすっどすっ、という鈍い音が聞こえてきた。反射的に画面に視線を向けた。石原が映っていた。トレーニングウェアに身を包み、ボクシンググローブを手にはめ、サンドバッグを叩いていた。その姿に、女性アナウンサーのナレーションがかぶった。

「八月一日から始まる高校総体に向け、練習も最後の追い込みに入っている石原君。今年にかける意気込みは、昨年の比ではありません。なぜなら、今年の優勝に三連覇がかかっているからです」

トレーニングの映像に代わって、マイクを向けられている石原の姿が映った。石原はかしこまった態度で画面に収まっていて、照れ臭そうにカメラに視線を向ける仕草は、純真無垢な子供のそれのようだった。

「三連覇にかける意気込みは？」インタヴュアーが石原に訊いた。

「真面目に練習するだけです。そうすれば、結果はついてくると思います」

はきはきとした口調だった。

再び画面がトレーニングの映像に戻り、石原のパンチをパンチングミットで受けている安倍の姿が映った。あの晩と同じ、赤いトレーニングウェア姿だった。石原は、鋭く、重そうなパンチを安倍に向かって次々と繰り出していく。パンチがミットに当たるたびに、爆竹が爆ぜるような破裂音が鳴る。際立った身のこなしやボクシングの技術は、素人の目から見ても明らかだった。

唐突にトレーニングの映像が中断され、平沢の顔がアップになった。画面の隅に、《海南高等学校　教頭　平沢章吾さん》のテロップが現れ、平沢のインタヴューが始まった。

「石原君は成績優秀で品行方正、我が校の理想を体現している生徒です——」

平沢はそこまで言うと、上品な笑みを口元に浮かべ、言葉を続けた。

「教師一同も石原君を誇りに思っています」

再び石原のトレーニング映像に戻り、アナウンサーのナレーションがそれにかぶった。

「高校生最後の夏を、石原君はハードなトレーニングにあてがんばっています。遊びたい盛りの年頃なのに、本当に頭が下がります。ところで、石原君のご両親は、みなさんもたぶんご存知の方たちです——」

トレーニング映像の片隅に、石原の両親の写真が重なった。アナウンサーは、続けた。

「お父さんは俳優の石原隆太郎さん、お母さんは女優の後藤めぐみさんです」

トレーニング映像が終わり、石原のインタヴュー映像に切り替わった。インタヴュアーが訊く。

「ご両親は応援してくれてる？」

石原は、はにかんだ笑みを浮かべながらうなずき、答えた。

「はい、陰で支えてもらっています。もし三連覇を達成したら、ご褒美で車を買ってもらえることになってるんです。だから、インターハイが終わったら、教習所に通おうと思っています――」

急に画面が他のチャンネルの映像に変わった。ウエイトレス役の店のおばちゃんが、リモコンをテレビに向けていた。画面は何回か切り替わり、結局、真っ昼間から下司(げす)な人生相談を流しているチャンネルに落ち着いた。

私はコップに残っていた麦茶を飲み干し、席を立った。

午後十時三分。

いつものようにベンチ入りの儀式を済ませ、スタメンの列に加わった。今日はメンバーの誰であろうがかまわずに話し掛けようと思っていたが、できなかった。その代わりに、バスを降りる時、いつもより深く頭を下げた。ほんの一瞬だけ、車内にいつもと違う雰囲気が漂ったが、それは日常の中のほんの小さな綻(ほころ)びに過ぎず、何かを変えるまでには至らなかった。

バスを降りたあと、少しのあいだ、走り去っていくバスの後ろ姿を見送った。

ベッドに入ったのは、午前零時。

明日のために眠らなくては、と思ったが、睡魔は襲ってこなかった。闇を見つめ続けるのにも飽き、午前三時をまわった頃にベッドを出て、リビングへ向かった。照明を点(つ)けないまま、ソファに身を沈めた。テレビを見る気にもなれない。ふと、壁際に置いてあるオーディオシステムに目がいった。ソファから腰を上げ、レコードラックに手を伸ばした。ＬＰレコードを引っ張り出して、ジャケットを眺めながら、聴くものを探した。チャールズ・ミンガスの『道化師』に決めた。

レコードをターンテーブルに置き、ヘッドフォンをステレオに繋(つな)いで耳にあて、針をレコードの上に載せた。一曲目の「ハイチ人の戦闘の歌」が流れ始めた。ミンガスのベースが、ガツンガツン、という音を立てている。ミンガスは人種差別に腹を立てている。私は石原に。

『道化師』を繰り返し繰り返し聴きながら、夜が明けるのを待った。
カーテンの隙間から、朝の光が射し始めた。
ほどなくして、石原は自分の罪を思い知ることになるだろう。

7月13日

私が寝巻き姿のまま朝食のテーブルに座ると、夕子が訝(いぶか)しげな表情で、どうしたんですか、と訊いた。

「今日は遅出でいいんだ。昼前に出るよ」

私がそう答えると、夕子は不安げな眼差(まなざ)しで私を見た。私はテーブルの上に置いてあった新聞を広げ、活字を追う振りをして夕子の視線を避けた。

朝食を終え、リビングのソファに座ってテレビの画面を眺めているところに、外出の支度を終えた夕子が現れた。

「病院に行ってきます」

私は画面から目をそらさず、ああ、と相槌(あいづち)を打った。夕子は去りがたい様子で戸口のところに立ち、しばらくのあいだ私を眺めていた。

「行ってきます……」

夕子の心細い声に、私はまた、ああ、という相槌で応えた。

玄関のドアが閉まる音が聞こえたので、テレビを消し、ソファから立ち上がった。

まずは洗面所に向かい、顔を洗った。タオルで顔を拭きながら、鏡に映っている自分の顔を眺めた。目が異様にぎらついていて、目の下にできている隈の暗さと、はっきりとしたコントラストを浮かび上がらせていた。しかし、目に宿る生気とは逆に、顔全体に広がっているのは生活に疲れた、年老いた男の陰だった。無理もない。ここのところ、ほとんど寝ていなかったし、食事も満足に摂っていないのだ。だが、それも今日で区切りがつくだろう。

次に寝室に行き、背広に着替えた。平沢からもらった名刺を通勤カバンの中から取り出し、内ポケットにしまった。

最後にキッチンに行き、出刃包丁を探してタオルにくるみ、通勤カバンの中に入れた。

玄関で靴を履き、深呼吸をして、家を出た。意気を一気に削ぐような夏の激しい陽射しが私を待っていた。目を開けているのさえ、辛い。我慢しろ。あと数時間の辛抱だ。

敷地を出て門扉を閉め、立ち止まり、我が家を振り返った。遥の部屋の窓には、カーテンが引かれていた。ふと、部屋の中の暗さを想像し、泣きたいような気持になった。私はカーテンを開ける方法を知らなかった。私がいなくなったあと、いつか方法を知っている誰かが現れ、開けてくれるだろう。

私は短いあいだ目を閉じ、我が家の姿を目の奥にしっかりとしまい込んだあと、目を開けて、駅へと向かった。


石原の高校は、新宿駅からJRで向かうと、遥が通う高校のひとつ手前の駅にあった。私は最寄り駅で電車を降り、改札を抜けて、駅の構内から外に足を踏み出した。太陽はほぼ空の一番高い位置にあって、どしゃ降りのような光を降り注ぎ、行き交う人々の顔を不快に曇らせていた。私はひどい目眩を感じたが、頭を振ってどうにかぼやけた視界を散らせた。

内ポケットから平沢の名刺を取り出し、駅前に設置されている周辺地図の案内板に歩いていった。名刺の住所と地図を照らし合わせ、だいたいの見当をつけたあと、足を石原の高校に向け、歩き出した。

五分ほど歩いただけで、汗の玉がひっきりなしに背中を伝い、尻のあいだに落ちていった。後頭部がやけに熱い。足もとがおぼつかない感じで、時々膝が頼りなく揺れる。早く辿り着きたいという願望とは裏腹に、何度か番地を見失い、時間と体力を無駄にした。

二十分ほど歩いた末に番地表示に頼るのをやめ、人に尋ねることにした。私と同年代に見える、主婦らしきおばさんが通り掛かったので、石原の高校の名前を出し、道を尋ねると、確かあれだったわよねぇ、という前置きを口にして、道順を教えてくれた。

「この道をまっすぐ行って、突き当たりを左に曲がってすぐの横断歩道を渡ると広い一本道に出るから、その道を百メートルか二百メートルまっすぐ行けば、確か着くはずよ」

百メートルと二百メートルの差はかなりのものだが、教わった通りに行ってみることにした。

広い一本道に出て少し歩き、先のほうを見ると、右手に背の高い建物が何も立っていない開けた空間が見えた。グラウンドを囲っていると思われる金網らしきものも、角度によって見え隠れする。私は歩くスピードを少しだけ落とした。代わりに鼓動のスピードが速くなった。右手をさりげなく通勤カバンの中に差し入れ、出刃包丁の有無を確かめた。

校舎らしき建物が見えてきた。間違いなく学校施設だった。敷地が目の前に迫ってきている。私は歩くスピードをさらに落とし、正門を探した。あるにはあったが、正門の前にはトラックが二台停まり、校内への道を塞（ふさ）いでいた。正門の脇の壁が崩れているところを見ると、改修工事の最中なのかもしれない。どうすべきか迷いながら正門の前を通り過ぎると、グラウンドを囲っている金網に貼り紙がしてあり、そこには《通用口》という文字と、矢印が記されていた。その矢印の通り進むと、鉄製の門扉を内側に開いてある、狭い入口が見えた。私は入口を前にして立ち止まり、深呼吸をした。しかし、呼吸は整わず、さらに荒くなり、ひっきりなしに口から息が漏れた。私は通勤カバンの中に手を入れ、出刃包丁の柄を握った。鼓動がさらに激しくなる。

突然、構内のどこかから、複数の笑い声が響いてきた。私の身体はその音に反応し、びくっと震えた。私は通勤カバンに手を差し入れたまま、入口を踏み越え、構内に入った。もう後戻りはできない。

通用口を入ってすぐの場所で、いったん歩を止めた。目の前には、二十メートルほどの道が敷かれ、突き当たりに左に曲がる角があった。たぶん、そこを曲がれば校舎へ繋がる通路に乗ることができるのだろう。あの角を曲がり、校舎に入り込んで職員室を探し、平沢か安倍を捕まえて改めて謝罪を要求し、石原が現れたところを――。

私がそこまで考えた時、角のほうから再び笑い声が響いてきた。声が近い。私は出刃包丁の柄を強く握り締めた。心臓がいまにも喉からせり上がってきそうだ。乾き切った唇を潤そうと舌で何度も舐めたが、またすぐに乾いてしまい、意味がなかった。

角から四人の男たちが姿を現した。みんな半袖の白いワイシャツに、黒いズボンの学生服姿だ。何が楽しいのか、満面に笑みを浮かべながら、和気あいあいと歩いている。右端を歩いていた男が私の姿に気づき、顔から笑みを消して、不審な表情に変えた。右から順に一人、また一人と私に気づき、三人が歩を止めた。残った左端の一人だけが気づかずに、「ほんとに笑うよねー」と楽しそうに言いながら、私に向かって歩を進めてきている。

「山下！」

初めに私に気づいた男が、いまだに歩いている男に向かって声をぶつけた。山下と呼ばれた男は、びくっと身体を震わせながら、ようやく歩を止めた。山下は振り返って三人の顔を見たあと、三人の視線を辿るようにして、私に視線を向けた。それからの私の一連の行動は、なんの計画もない発作的なものだった。要するに、慌てふためき、頭が真っ白になっただけのことだが。

私は通勤カバンの中から右手を抜き出し、カバンを放り出した。私の手に握られているものを見て、山下の目が驚きで丸くなった。

「そのまま、ゆっくり下がって来い」

初めに私に気づいた男が、山下に向かって冷静な口調で言った。山下は言われた通りに、ゆっくりとあとずさり、三人のもとに辿り着いた。山下は歩を止めて、用心深いハムスターのようにキョロキョロとあたりを見まわし、真面目な顔で言った。

「もしかして、スターどっきり？」

「おまえ、いつからスターになったんだよ」

初めに私に気づいた男が、相変わらず冷静な口調でそう言うと、他の二人が楽しそうに笑い声を上げた。四人とも、とても刃物を向けられている状況にいるとは思えない態度だった。そして、その態度が私の神経を逆撫で（さかな）でした。私は出刃包丁を前に突き出して、言った。

「石原を連れてこい！」

「石原って、何年何組の？」初めに私に気づいた男が、訊（き）いた。

「そんなこと知るか！ボクシングのインターハイチャンピオンの奴だ！」

他の二人が顔を見合わせ、まただよ、そうみたいだな、と言葉を交わし合った。

「つべこべ言ってないで、早く連れてこい！」

「無理だよ」初めに私に気づいた男が、言った。

「何が無理なんだ！」

「だって――」

初めに私に気づいた男がそこまで言った時、四人の背後から、一人の男が固まりを割って現れた。男の姿を見て、山下の顔が一気に綻（ほころ）んだ。初めに私に気づいた男は言葉の続きを口にせず、新しく現れた男に目配せをしたあと、私に向かって指を差した。新しく現れた男は、初めに私に気づいた男に向かってうなずき、私に視線を向けた。鋭い眼差(まなざ)しだった。石原のものと同種だが、石原よりも深みを湛(たた)えている。たとえば、石原のそれがちっぽけな水溜(みずたま)りだとしたら、新しく現れた男のそれは大海。

私は男の眼差しに引き込まれそうなものを感じながら、一瞬にして敗北を悟った。だが、いまさらどうすることもできなかった。私は右腕を思い切り伸ばし、包丁の先を男に向け、言った。

「なんだ、おまえは！」

男は私の言葉を無視し、私に向かって歩を進め始めた。それと同時に呼吸が苦しくなり、全身が小刻みに揺れ始めた。男は揺るぎない足取りで、私に向かってきている。あと五メートル。私は圧倒的な恐怖を感じ、あとずさろうとしたが、足が動かなかった。あと三メートル。誰か助けてくれ誰か助けてくれ誰か助けてくれ。あと一メートル。男が放つびりびりとした威圧感が全身にぶつかってきて、背筋が激しく震えた。私はあまりの恐怖で目をつぶるのと同時に、目の前にいるはずの男に向かって、反射的に包丁を突き出した。

それからあとに何をされたのかは、はっきりとは分からない。包丁を突き出してすぐに空中を浮遊しているような感覚があり、気がつくと地面に叩(たた)きつけられていた。痛みを感じて目を開けると、いつの間にかうつぶせに組み敷かれていて、右腕を逆にねじられていた。右手にはすでに包丁はなかった。私はうまく動かない首をどうにか右にねじって、上方を見上げた。太陽が目に入り、眩（まぶ）しくて目を細めたが、すぐに男の姿が太陽に重なった。男の姿は黒い影となって、私の視界を覆った。その影は、とてつもなく大きく見えた。

「なめんなよ、おっさん」

岩のように硬い意志がこもった声。

全身が一瞬にして萎（な）えた。頭が重かったので、左の頬を地面にぴったりとつけた。アスファルトが焼けつくように熱い。しかし、もう頭を上げる力は残っていなかった。

どうにでもなれ——。

私はだしぬけに襲ってきた深い絶望とねばつくような疲労、それに少しの解放感に手足を摑（つか）まれ、意識の暗い淵（ふち）にずるずると引きずり込まれていった。

そして、世界が闇に閉ざされた。

＊　＊　＊

まずは聴覚が生き返った。

「これは面白いことになるかもな」

「ああ」

次に、目を開けてみた。目の前には闇が広がっていた。まぶたがやたらと重く、まつげに何かが当たって不快だ。それを払おうと目のあたりに手を伸ばすと、顔に濡れタオルが載っているのに気づいた。タオルを摑んで、顔からどけた。光が蘇った。天井が見えた。私は室内にいて、壁際に置かれた古ぼけたソファに、仰向けに横になっていた。

「気がつきましたか」

声がしたほうに顔を向けた。初めに私に気づいた男が、笑みを浮かべながら、私を見ていた。部屋のほぼ中央に置かれた机に座っている。私を倒した男は、反対側の壁際の窓枠に腰を掛け、興味がなさそうな目つきで私を眺めていた。手には出刃包丁が握られている。山下と呼ばれた男は部屋の中におらず、残りの二人は机のまわりに置かれたパイプ椅子に座って私を見ていた。

「大丈夫ですか？　軽い日射病だと思いますけど」初めに私に気づいた男が、親しげな口調で言った。「ここは学校の中にある、教師用の準備室です。安心してください」

私は上半身を持ち上げたあと、ソファから両足を下ろし、初めに私に気づいた男にまっすぐに視線を向けた。男は椅子を引きずってきて私の近くに座り、言った。

「あ、申し遅れました。僕は南方と言います。南方熊楠と同じ南方です。この学校の生徒で、いま高校二年生です」

南方は笑顔とともに握手の手を差し出した。私は南方のペースに乗せられ、戸惑いながらもいつの間にか握手を交わしていた。

「彼らもこの学校の生徒で、みんな同級生です」

南方はそう言って手を離し、他の三人のほうを振り返った。

「僕は板良敷です」

パイプ椅子に座った一人が、そう言った。肌の色が浅黒く、丸い輪郭の顔の中にある、クリクリとした大きなふたつの目には、暖かい色が点っていた。

「板チョコの板に、不良の良、それに、敷金の敷で板良敷です」

「変わった名前でしょ？　沖縄出身なんですよ」と南方がつけ足した。

「僕は萱野です」

パイプ椅子に座ったもう一人が、そう言った。小さな目のほとんどは黒目に見え、それよりも目の上にある太い眉毛がもっと黒い。

「萱野は北海道出身です」また南方がつけ足した。

自己紹介を終えた南方と板良敷と萱野が、私を倒した男を見ている。男は何も言わず、出刃包丁を弄びながら、私を見ていた。南方が私に向き直って、言った。

「あなたをやっつけたあの男は、朴舜臣。変わった名前でしょ？　在日朝鮮人なんです。

ところで、あなたのお名前は？」

私は慌てて答えた。

「鈴木と申します」

南方は満足げにうなずき、言った。

「さて、そろそろ本題に入りましょう。お探しの石原なんですが、残念ながらこの学校にはいないんです」

私が言葉の意味を摑めずにいると、板良敷が南方の言葉を補足した。

「この学校の二百メートル先の学校にはいますけどね」

私が視線を板良敷に移すと、隣の萱野が言葉を継いだ。

「学校を間違えたんですよ」

私が萱野に視線を移すと、板良敷が言葉を継いだ。

「かなり大きな違いですけどね。向こうは名門校、こっちはオチコボレ校」

板良敷に視線を移すと、萱野が。

「百メートル行くごとに偏差値が十ずつ上がっていくんです」

私は先まわりをして板良敷に視線を移したが、板良敷は口を開かなかった。板良敷と萱野の顔に、いたずらっぽい笑みが浮かんだ。萱野が口を開いた。

「そもそもここらへんは学校が多くて、半径一キロの中に四つも高校があるんです。このあいだも、石原を取材に来たテレビ局の連中が間違ってうちに入ってきたばかりですよ」

「まあ、どっちにしろ、石原は向こうにはいませんけどね」と南方が、言った。「こっちも向こうも、試験休みに入ってて、生徒は登校してきてませんから。あ、ちなみに、僕たちは特別登校組です」

私は久し振りに声を出した。

「特別登校？」

南方はニヤリと笑って、言った。

「ちょっとした理由があって、教師に取調べを受けてるんですよ」

「取調べって……」と私は戸惑いながら、言った。

南方はそれ以上は答えず、言葉を続けた。

「その話はひとまず置いといて、石原の話に戻りましょう。奴がなんかしたんですか？」

「…………」

南方は優しげな笑みを、私に向けた。

「これも何かの縁だとは思いませんか、鈴木さん。日本にはいま、一億以上の人間がいるんですよ。その中で僕たちと鈴木さんが出会える確率って、僕の計算では、こぶしぐらいの大きさの隕石（いんせき）が宇宙から落ちてきて、荒野の一軒家の洋式トイレの便器にすっぽり収まる確率なんですよ。そんなこと、常識じゃありえないでしょ？」

板良敷と萱野は、南方の様子をニヤニヤとした笑みを浮かべながら眺めている。朴舜臣は相変わらず興味がなさそうな表情で包丁を弄（もてあそ）びながら、私を見ていた。

南方が笑みをさらに深めて、言葉を続けた。

「その確率と僕たちを信じて、話してみてはいかがでしょう。決して悪いようにはしませんから。ね？　鈴木さん」

私があらかたを話し終えようとしていた時、部屋の外から、ドタッという音が聞こえてきた。

「山下が帰ってきました」

南方が当たり前のようにそう言った数秒後、ドアが開き、本当に山下が部屋に入ってきた。胸の前でコンビニの袋を大事そうに抱えながら、顔にはべそをかいている。よく見ると、左の肘（ひじ）を擦りむいていて、血が薄く滲（にじ）んでいた。しかし、山下は部屋に入ってすぐに重苦しい雰囲気に気づいたのか、べそを引っ込め、壁に立て掛けてあったパイプ椅子を部屋の隅に持って行って広げ、座った。南方が机の上のティッシュの箱を、山下に放った。

山下は嬉しそうに、サンキュウ、とつぶやき、ティッシュを一枚抜き出して傷口にあてた。

南方が私に向き直り、眉間に縦皺を寄せながら、言った。

「お気持は分かりますけど……」

「私は、奴が許せないんだ」

私がそう言うと、板良敷が口を開いた。

「でも、石原を殺したところで、なんの解決にもならないと思いますよ」

私は板良敷に強い視線を向け、言った。

「君たちに私の気持が分かるもんか。私がどんな思いで娘を育ててきたか……。娘は私の宝だったんだ。その宝を傷つけられたんだぞ！」

「でも」と萱野が言った。「お父さんが人を殺して捕まったら、娘さんが悲しむんじゃないですか」

私は萱野を睨みつけた。

「私は娘に、私が娘を守ってやれることを証明しなくちゃならないんだ！　だから、娘を傷つけた相手をやっつけなくてはならないんだ！　そのためなら命を引き換えにしたってかまわないんだ！」

「それじゃ、どうして刃物なんか持ち出したんだよ」

冷たい声だった。私は朴舜臣を見た。その時に初めて気づいたのだが、朴舜臣の右の眉(まゆ)尻(じり)には縦に走る五センチほどの傷があった。その傷がほんのりと紅潮していて、私の目を引いたのだった。

「え?」と私は朴舜臣の言葉に反応した。

「命を投げ出してもかまわないんだろ? それじゃ命がけで石原を殺せばいいじゃねえか。刃物なんか使わないでな」

「それは——」

「調子いいことぬかしてんなよ、おっさん。あんたは結局自分が大事なんだよ。自分が傷つきたくないだけなんだよ。怖いから刃物を持ち出して、自分を傷つけずに勝とうとしたんだ。ただの弱虫じゃねえか。あんたには大切なものなんて守れやしねえよ。それに——」

朴舜臣はそこまで言うと窓枠から腰を上げ、手にしている包丁を頭の上に振りかぶったあと、机の角に向かって思い切り振り下ろした。カン、という甲高い音が部屋の中に響いた。

朴舜臣は包丁を顔の前に掲げた。刃は真ん中あたりが小さく欠け、見事に刃こぼれしていた。朴舜臣は私の顔を見つめながら、言った。

「こんななまくらじゃ、人なんて殺せやしねえよ」

朴舜臣は、包丁を部屋の隅に置いてあるゴミ箱に放り投げた。包丁は正確にゴミ箱の中に収まり、姿を消した。

反論の余地はなかった。私がうなだれ、視線を床に向けた時、肩をトントンと優しく叩かれた。いつの間にか目の前に山下が立っていて、笑顔と一緒に私にコンビニの袋を差し出している。

「中に氷が入ってますから。延髄にあてるといいらしいですよ」

私は、ありがとう、と礼を言いながら即席の氷嚢を受け取り、素直に延髄にあてた。冷たくて、気持がよかった。思わず涙が出そうになった。

「さてと」南方がこれまでの雰囲気を一掃するような明るい声で、言った。「さっきも言いましたけど、これも何かの縁だと思うんですよ」

私は南方を見つめた。南方は言葉を続けた。

「ところで、ひとつ訊きたいんですが、娘さんはどこの高校に通っているんですか？」

「聖和女学院だが」

私がそう答えると、朴舜臣を除く四人が、いっせいに顔を見合わせた。四人の顔に、不敵な笑みが浮かぶ。南方が私に向き直って、言った。

「どうです？　僕たちにすべてを任せてみるつもりはありませんか？」

「任せるって、何を？」

「僕たちが石原に対する復讐の舞台を整えますから、お父さんには死に物狂いでがんばってもらうと。つまり、そういうことです」

「何を言ってるんだ？」

「ただし、今度は刃物はなしです」南方が人懐こい笑みを浮かべながら、言った。

「せっかくだから、やってみませんか？」板良敷がお買い得の冷蔵庫でも薦める電器屋の店員のように、言った。

「最高の舞台を作りますよ」萱野が一片の曇りもない、確信に満ちた表情で、言った。

「楽しそう！」山下がお気に入りのおもちゃを与えられた子供のような笑顔で、声を上げた。

「今度こそ娘さんにカッコいいとこを見せちゃいましょうよぉ。ねえ、お父さん」南方が、どういうわけか甘えた声で言った。

「でも、復讐って――」

私がそこまで言うと、南方の言葉が残りを遮った。

「お父さんを舜臣に預けますから、トレーニングを受けて、とりあえず強くなっちゃってください。そのあいだに僕たちが計画を立てますから」

「ちょっと待てよ！」

朴舜臣が慌てて声を上げた。南方はその声を無視して、私に言った。

「あいつは喧嘩の達人なんです。強いですよー」

あまりに唐突な展開に私が戸惑っていると、朴舜臣が言った。

「俺はやだからな。こんなだせえおっさんを鍛えるなんて」

南方が朴舜臣のほうを向いて、言った。

「だせえなんて失礼だよ、君はまったくもう」

南方が再び私に向き直り、言葉を続けた。

「ねえ、お父さん。僕には分かるんです。お父さんはやればできる人です」

私は教師に慰められている、オチコボレの生徒のような気持になった。南方と板良敷と萱野と山下の目が、キラキラと輝いている。私が八つの目の輝きに抗えずに提案を受け入れようかと思った時、朴舜臣が私の顔を見据えながら、言った。

「俺は理想のない奴には教えられないよ。おっさんはどう勝ちたいんだよ。石原をどうしたいんだよ」

私は答えられなかった。朴舜臣が続けた。

「理想のない奴はすぐに間違いを犯す。それに、安易な方法を選ぶ。刃物を握ったりな」

朴舜臣の挑発的な眼差しが私に注がれている。南方らは息を呑んで、なりゆきを見守っている。私はどうにか言葉を振り絞って、答えた。

「私は……、私は、私のこの腕で石原の奴を絞め殺してやりたい」

部屋の中に、束の間、沈黙が漂った。

朴舜臣は何かを探るように私の顔をじっと見つめている。視線があまりにも鋭くて恐ろしいほどだったが、負けずに朴舜臣を睨み返した。

朴舜臣の顔に、初めて笑みが点った。

「いいよ。気に入った。このおっさんを鍛えるよ」

朴舜臣がそう言うと、南方らは歓声を上げ、お互いの手を打ち合わせて喜んだ。その様子を呆気に取られて眺めていると、すべてが連中に仕組まれた罠だったような気がしてきた。でも、私のようなおっさんを罠に掛けて、連中になんの得があると言うのだろう？

南方が私に握手の手を差し出した。私は仕方なく手を握り、握手を交わした。

「がんばりましょうね。期待してますからね」

南方がそう言うと、山下が腰に両手をあて、胸を張りながら、満面の笑みで言った。

「楽しそう！」

「なにをつまらんことを言ってるんだよ」

私は会社の小会議室のテーブルに座っていて、向かいの席には同期であり直属の上司でもある藤田が座り、しかめ面を私に向けていた。ほんの数十秒前、私が八月いっぱいまでの有給休暇を求めたからだ。

藤田がしかめ面を解かないまま、言葉を続けた。

「ったく、連絡もなしで大遅刻をしてきて、何を言い出すのかと思ったら」

「これまで有給をきちんと消化したことがなかったですし——」

藤田が苛立(いらだ)たしそうに言葉を吐き、私の言葉を遮った。

「嫁に行くまでの腰掛でOLやってる女みたいなこと言わんでくれよ。いったい、どうしたの？　何があったのよ」

「身内の人間が事故に遭いまして……」

「どんな？」

「………」

「自分が何を言ってるのか、分かってんの？　これ以上出世したくないって言ってるようなもんなんだよ」

「……申し訳ありません」

「せめて一週間とかにできないの？」

「申し訳ありません」

「ったく……」

藤田はそう言って、荒っぽいため息をついた。居心地の悪い沈黙が訪れた。藤田はネクタイの結び目を乱暴に緩めて、言った。

「上司としてじゃなくて、同期として訊くよ。何があったんだよ？」

私は少しの躊躇のあと、言った。

「娘が、男に殴られて入院してる……」

「なんで殴られたの？」

「…………」

「ひどいのか？」

私は小さく首を横に振った。

「怪我自体はたいしたことはないみたいだ。問題は……」

「問題は？」

「問題は、俺だ。俺は怪我をした娘を目の前にして、どうすることもできなかった。かけてやる言葉さえ見つけられなかった……」

藤田がため息をついた。重い沈黙が流れた。藤田が独り言のように、言った。

「昨日の夜、息子と久し振りに飯を食ったよ。二人きりでな。一時間ぐらい一緒にいたけど、喋ったのは一分もなかったよ……。話題が見つからねえんだな……」

藤田の顔に、自嘲の笑みが浮かんだ。藤田は続けた。

「ひと月半も休んで、何をするんだよ？」

「分からない」

私は力なく首を横に振った。藤田は困ったように眉根を寄せた。しばらくのあいだ、どこにも属さない静かな時間が流れたあと、私は藤田に訊いた。

「自分が父親としてカッコいいと思えた瞬間て、あるか？」

藤田は答えあぐねるように私の顔を見つめ、ズボンのポケットから煙草とライターを取り出し、火をつけた。口から吐き出された煙が、藤田の遠い眼差しをほんの少しのあいだだけ隠した。私は言った。

「俺はあるよ。娘が生まれて八ヵ月目に、ひきつけを起こしたんだ。真夜中に、急に泣き始めたと思ったら、息が止まって、顔が紫色になって……。症状はすぐに収まったけど、俺は焦っちまったよ。女房は急な用事で実家に帰ってて、家にはいないし。俺は娘を抱えて、かかりつけの病院に走った。車がなかったし、タクシーも捕まらなかったからな。あの時の俺は、これまでの人生で一番速く走ったよ。そのまま浮き上がって、空でも飛べそうな感じだった。あっという間に病院に着いて、医者に診せたら、《泣き入りひきつけ》って言って、赤ん坊にはよくあることらしくて、別に医者に診せなくてもいいし、薬もらないんだ、って嫌味な感じで言われたよ。本当は間抜けな話なんだけど、でも、病院から家に帰るあいだ、俺は父親である自分が誇らしかった。あんなに速く走れた自分が、好きになった。でも、いまは違う。俺はこのままじゃ、死ぬまで自分を好きになれそうにないよ……」

藤田が煙草を深く吸って、吐いた。私は続けた。

「ひと月半かけて、自分をいじめ抜こうと思ってるんだ。死に物狂いになって、娘を救う方法を見つけ出したいと思ってる」

藤田は煙草を灰皿に押しつけながら、そうか、とつぶやいた。宙に浮かぶ紫煙とともに、また沈黙が流れた。しかし、それはもう重くはなかった。藤田はネクタイをきちんと締め直して、言った。

「おまえの業務は俺が引き継ぐよ。どうせ部長になってからは、書類に判子を押すぐらいの仕事しかしてなかったろ。それぐらいなら、俺にでもできるよ」

そう言った藤田の顔には、柔らかい笑みが浮かんでいた。

私が席を立ち、ドアのそばまで行った時、藤田が言った。

「おまえが会社に戻ってくるまでに、父親としてカッコよかった時のことを思い出しておくよ」

私は深く礼をして、言った。

「強くなって、また会社に戻ってきます」

部の連中の白い目の集中砲火を浴びながら、大急ぎで引継ぎ業務を済ませ、午後八時過ぎに会社を出た。

閉店間際のデパートのスポーツ用品売り場に駆け込み、スポーツウェアと運動靴を買ったあと、トイレに入ってそれらを紙袋から取り出し、通勤カバンに詰め込んだ。有給休暇のことを、夕子に告げるつもりはなかった。ましてや、高校生に喧嘩（けんか）のトレーニングを受けることなど。

バス乗り場に着いたのは九時四十分過ぎで、当然ながらスタメンたちの姿はなく、ほとんどがＯＬらしい女性たちで列が作られていた。私は列の最後尾につき、バスが到着するまでのあいだ、今日一日の自分の行動を思い返した。そして、初めて恐ろしさを感じた。

もし出会ったのがあの連中じゃなかったら、いま頃私はどうなっていただろう？　しかし、私は確かにあの風変わりな連中と知り合ったのだ。それが偶然であれ必然であれ、いまの私はそこからなんらかの意味を見出していくしかない。できるなら、大切な意味を。

ふいに、連中のキラキラした瞳の輝きを思い出した。

それにしても――

私は思った。

それにしても、なんという一日だったんだろう！

どういうわけか、少しだけ誇らしげな気持になった時、バスが到着した。

家に着き、門扉の前で立ち止まって、遥の部屋の暗い窓を見上げた。鈍い痛みを胸のあたりに感じたが、目をそらさなかった。しばらくのあいだ窓を見つめ続けたあと、門扉を開けて家に入った。

小さな声で、ただいま、と言いながら、ダイニングのドアを開けた。夕子が頬杖をつきながら、テーブルに座っていた。肩が落ちている。もう一度、ただいま、とつぶやいた。返事はなかった。私は戸口のところで立ったまま、夕子の細い肩を見ていた。夕子が独り言のような口ぶりで、言った。

「今日、遥に散歩に行こうかって誘ったんです。外の空気を吸おうって。そうしたら、うん、てうなずいてくれて……。それで、病院の外に出ようとしたんです……」

夕子が私のほうを向き、何かを訴えるような視線を私に送った。

「遥、病院の建物から外に出たとたんに吐き始めて……。外に出るのが怖い、って……。やっと喋ってくれたのに……。お医者さんは、心の傷が原因だろうって……。傷が癒えるまで、入院させたほうがいいだろうって……」

「そうか……」

私はうつむき、夕子の視線から逃れたあと、どうにか声を絞り出した。

「すまない。本当にすまない」

いつもより早い午後十一時にベッドに入った。

明日からトレーニングが始まる。少しでも多く睡眠を取っておかなくてはならない。

目を閉じてすぐに睡魔が襲ってきたが、私は抗わずに、されるがままにした。

私は五日ぶりに分厚い眠りの膜に包まれ、春を待つ蛹のように、明日に希望を託しながら、眠りに落ちた。

7月14日

土曜日だというのにいつもの時間に起き出し、支度を始めた私を見て、夕子が、どうしたんですか、と訊いた。私は、うん、ちょっと仕事がたまってるから片づけてくる、と答えた。

玄関で靴を履いていると、夕子がやってきて、言った。

「包丁が一本なくなってるんですけど……」

夕子の顔は不安でどんよりと曇っている。

「ああ、あれは捨てた」私は何事もなかったかのように、言った。「昨日の昼に使おうと思ったら、刃こぼれしてるのに気づいてね」

夕子は納得のいかない様子ながらも、そうなんですか、とつぶやいた。

私は無理に笑顔を作り、夕子に言った。

「行ってくるよ」

まずはJRで池袋に出て、私鉄に乗り換えた。

三十分ほど電車に揺られ、埼玉県にほど近い駅で電車を降りた。昨日南方から手渡された地図を頼りに、初めての街を目的地に向かって手探りに歩いた。まだ午前九時を過ぎたばかりなのに陽射しが強く、街角の至るところに濃い日陰が落ちていた。どう考えても暑い一日になりそうだった。

駅から十五分ほど歩いて、ようやく目的地へ繋がる最後の道に乗った。五十メートルほど先の突き当たりに、生い茂った木々が敷地を取り囲むように何本も立ち並んでいるのが見える。地図をポケットに入れ、先に広がる緑に向かって、早足で歩いた。

市営公園に入った。公園は、中央に立ち入り禁止の芝生区域、そのまわりを遊歩道、そのまわりをジョギングコース、といった具合に、大きな三重丸の設計になっていた。

公園の中をキョロキョロと見まわしながら歩き、ようやく目当ての人物を見つけた。朴舜臣は、ジョギングコースのまわりの植え込みに、一本だけどっしりと立っている大きな銀杏の木の根元に寝そべって、本を読んでいた。私が近づいていくと、気配を感じたのか、本から視線を上げ、鋭い視線で私を見た。

「おはよう――」そこまで言ってもなんの反応もなく、朴舜臣が相変わらず私を睨みつけていたので、私は言葉を付け足した。「ございます」

「二十分の遅刻だ。やる気あんのかよ?」

私が口を開こうとすると、朴舜臣は、言い訳は聞きたくねえよ、と言って本をパタンと閉じ、言葉を続けた。

「早く着替えろよ」

私はまわりを見まわして、訊いた。

「どこで、ですか?」

朴舜臣は呆れたような眼差しで私を見て、面倒臭そうに言った。

「どこでもいいよ。女じゃあるまいし」

私は朴舜臣の言葉に追い立てられるように銀杏の木の陰に行き、通勤カバンの中からトレーニングウェアと運動靴を取り出して、着替え始めた。穿き古したブリーフが白日の下に晒され、黄色いシミが目に痛かった。恥ずかしさで身動きが取れなくなる前にさっさと着替え、木の陰から出た。

朴舜臣は再び本を開き、ページに視線を落としていた。

「着替え終わりました」

私がそう言って、朴舜臣が本を閉じた時、ちょうど向こうからやって来ている南方と山下の姿が見えた。山下は脇に何かを抱えている。

「こんにちは」と南方。

「ちーす」と山下。

私は小さく頭を下げ、朴舜臣は軽く手を上げて会釈をした。山下が、抱えていたものを地面に置いた。小型のヘルスメーターだった。

「さっそくですけど、乗ってください」と南方が言った。

「どうして?」と私は言った。

「色々とわけがあるんですよ。さあ」

私は南方に促されるままに、運動靴を脱いで、ヘルスメーターの上に乗った。山下がジーンズのお尻(しり)のポケットから小さな手帳を取り出し、表示窓に出た数字を書き込んだあと、もう一個のお尻のポケットからメジャーを取り出した。

「両手を上げて、バンザイをしてください」と山下。

「は?」と私。

「色々とわけがあるんですよ。さあ」と南方。

私は素直に両手を上げた。山下がメジャーを持った手を私の背中にまわし、胸囲を測り始めた。胸囲の次はウエスト、次はヒップ、といった順に進み、スリーサイズを測り終えた。山下が手帳に数字を書き込む。

「もういいですよ」南方が微笑みながら私を見て、言った。

気がつくと、両手を上げたままで、さらにはヘルスメーターに乗りっぱなしだった。私は両手を下げ、ヘルスメーターから降りた。

南方が山下の手帳を覗き込んで、言った。

「今日の時点で体重は65キロ、体脂肪率は23パーセント。バストは87センチ、ウエストは76センチ、ヒップは92センチです。鈴木さんは、身長は?」

「168センチぐらいだったはずだが」

「少し太り気味ですね。がんばって絞ってください。ちなみに、石原はライトウエルター級のチャンピオンなんで、だいたい60キロから63・5キロのあいだです。同じ階級まで下げて、決戦の日を迎えましょう」

決戦、という言葉が耳に新しく響き、適度の緊張を感じた。

「これから毎日測ってもらいますからね」

南方はそう言い終わると、朴舜臣を見た。朴舜臣は木の根元に置いてあったスポーツバッグの中から茶色の封筒を取り出し、南方に渡した。入れ替わりに、山下が、持っていたヘルスメーターとメジャーを、よろしくね、と言いながら、朴舜臣に渡した。

「それと」と南方が思い出したように、言った。「鈴木さんの住所と電話番号を教えてもらえませんか？」

「どうしてだい？」と私は訊いた。

「まさかの時のためですよ」と南方はにこやかに言った。

私が住所と電話番号を言うと、山下が手帳にそれを書き込んだ。

「それじゃ、がんばってくださいね」

南方が相変わらずのにこやかな顔で言った。

「時々、陣中見舞いに来ますから」と山下が楽しそうに、言った。

二人は私に一礼し、公園の出口に向かって去って行った。私が二人の背中を見送っていると、朴舜臣が、始めるぞ、と言って、先に立って歩き出した。私が不安と緊張を抱えながら、あとをついていこうとすると、朴舜臣が立ち止まって振り返り、無表情に言った。

「靴をはけよ」

脱いでいたのを忘れていた。私は慌てて運動靴を履いた。朴舜臣は、私を眺めながら、やれやれ、といった感じで小さく首を振った。

私と朴舜臣は、立ち入り禁止の芝生区域のほぼ真ん中に、向かい合って立っていた。私たちのあいだには、一メートルほどの距離が開いている。

「これまでの運動経験は？」

唐突に朴舜臣が訊いた。

「中学生の時に部活でサッカーをやってました」と私は答えた。

「高校の時は？」

「ラグビーを少々……」

「少々ってなんだよ」

「練習がきつくて一年でやめてしまったので……」

「大学時代は？」

「運動はやってませんでした」

「どうせ女目当てで、ちゃらいサークルにでも入ったんだろ？」

「………」

朴舜臣は少しのあいだ、何かを思索しているように宙に視線をさまよわせたあと、再び私に視線を戻し、おもむろに両手を大きく広げた。

「俺の胸の中に入ってきてみろよ」

「は？」

「いいから」

私は戸惑いながらも言われるままに歩を進め、朴舜臣にゆっくりと近づいた。お互いの距離が三十センチほどに縮まった時、急に両腕を摑まれ、強い力で抱き寄せられた。私と朴舜臣の胸が、ぴったりとくっついた。朴舜臣の胸は厚くて硬く、遠いむかしに感じたことがあるような安心感をおぼえた。ずっとこのままでいたいような――。

唐突に両手で胸を押され、突き放された私は、バランスをどうにか保ちながら、あとずさった。再び、私たちのあいだに、一メートルほどの距離が開いた。

朴舜臣が今度はおもむろに、左手を私に向かってまっすぐに伸ばした。

「俺の胸の中に入ってきてみろよ」

当たり前だが、伸びている腕が邪魔になって、入っていきたくとも入っていけない。私が戸惑っていると、朴舜臣が嘲るように、言った。

「どうした？　たった腕一本でお手上げかよ。情けねえ。相手を絞め殺すには、懐に入っていかなくちゃダメなんだぜ。それに、石原はボクサーで、腕を使うスペシャリストだ。どうやったって腕が邪魔になってくる。いまのおっさんじゃ、この距離を縮められないまま――」

朴舜臣はいったんそこで言葉を区切り、左腕をめいっぱい伸ばしてこぶしの先を私の顎先にコツンと当てたあと、言葉を続けた。

「ノックアウトされて、ジ・エンドだ。で、どうするよ。どうやってこの腕をかいぐって、懐に入ってくる？」

私は答えられなかった。朴舜臣は腕を下ろし、挑発するような口調で言った。

「諦めてやっぱり刃物でも持ち出すか？ 刃物でかなわなきゃ次は拳銃か？ 最後には軍隊でも雇うか？」

私が反発の視線を向けると、朴舜臣は無表情に言った。

「こんなことが人生に起こるとは思わなかったろ？ 残念だったな。せいぜい自分の半径一メートルぐらいのことだけ考えて、のうのうと生きて死んでいけたら幸せだったのにな。そうだろ？」

それから束の間、私と朴舜臣は黙って睨み合った。私は左腕を上げ、朴舜臣に向かって伸ばした。朴舜臣は自分に向かって伸びているこぶしの先を無表情に見たあと、唐突に右手で私のこぶしを掴み、強引に押し込んできた。その力にまったく抗えず、私の腕は折り曲げられ、気づくと、朴舜臣が私の懐に入り込んできていた。それだけではなかった。いつの間にか、朴舜臣の左手が私の喉を掴んでいた。朴舜臣は相変わらず無表情のまま、左手に少しだけ力を加えた。指が頸動脈のあたりに食い込み、息苦しさを感じた。それと、恐怖も。目の前に、赤く染まっている眉尻の傷があった。朴舜臣の口が、開いた。

「なめんなよ、日本人」

朴舜臣はそう言って、ニヤリと不敵に笑い、私から両手を離した。私はあとずさり、びっくりするぐらい速く打っている鼓動を静めようと、深呼吸をした。朴舜臣は顔から笑みを消し、言った。

「基礎って、なんだと思う?」

私は動揺を抑え込むのに必死で、ただ黙って朴舜臣を見ていた。朴舜臣は続けた。

「いらないものを削ぎ落としていって、必要なものだけを残すことだ。いまのおっさんの頭の中とか身体には、余計なもんがたくさんついてる。そんなわけで、まずは基礎作りから始める。分かったな?」

私がうなずくと、朴舜臣は少しの間を置き、私に向かってお辞儀をした。ただし、どういうわけか顔は上を向き、目は私を見たままだった。返礼を待っているかのように朴舜臣が腰を曲げたままじっと私を見ていたので、私は慌てて頭を下げた。就職試験の前に練習する、角度が四十五度のお辞儀だ。突然、後頭部をはたかれた。びっくりして頭を上げると、朴舜臣の怒った顔が待ち構えていた。

「絶対に敵から目を離すな! たとえ、挨拶の時でもな」

どう応えていいか分からず、ただ呆然と朴舜臣の顔を見つめていると、朴舜臣が唐突に、ニカッと笑った。初めて見る、年相応の笑顔だった。その笑みにも応えられず、相変わらず呆然としていると、朴舜臣の顔から笑みが引っ込み、代わりにひどくがっかりした表情が浮かび上がってきた。

「なんだよ、見たことねえのかよ、『燃えよドラゴン』。テンション下がるよなぁ……」

私は慌てて謝った。

「申し訳ないです。今度までには観ておきますから……」

「いいよ、もう」朴舜臣はふてくされて、言った。「ったく、なんだかなぁ」

もうどうしてよいか分からずに、ただ身を縮めている私に向かって、朴舜臣は相変わらずふてくされた口調で、言った。

「とりあえずは、基礎作りだ。始めるぞ」

ジョギングコースは一周八百メートルで、五周を命じられた。合計で四キロメートル。たとえば、いまが秋で、なおかつ曇り空だったら、いきなり五周とはいかないまでも、どうにか三周ぐらいは走れたかもしれない。しかし、いまは夏で、なおかつ快晴、とどめに風はそよりとも吹いていなかった。

異変は一周目の半分を過ぎたあたりで、起こった。足首と膝(ひざ)がやたらと力なくグラグラと揺れる。まるで、アスファルトではなく、粘土の上を走っているみたいだ。心臓が怒っていて、無茶はやめろ、というふうに胸骨を不機嫌にドンドンと殴っている。肺は怒っていない。代わりに、ヒーヒーという声を私の喉から出させ、お願いです、やめてください、というふうに哀願していた。

二周目が始まってすぐに、地球の引力が圧倒的な力で私を地面に引き倒そうとし始めた。頭が重い。足も重い。トレーニングウェアも運動靴も重い。大気中の湿気がねばねばと顔中にまとわりつき、まるで熱湯に顔をつけながら走っているみたいだ。息が苦しい。息が苦しい。息が苦しい――。

死んでしまっては元も子もない。

それが私の出した唯一にして絶対の結論で、そんなわけで私は足を止め、コース上にへたり込んだ。私は必死に息を整えながら、心臓が機嫌を直してくれるのを待った。なんとか普通にハアハアと呼吸ができるようになったので、ゆっくりと立ち上がった。ひどい立(た)ち眩(くら)みがして、思わず倒れそうになったが、どうにか堪(こら)えた。私はヨレヨレの足取りでコースを外れ、朴舜臣が待つ銀杏(いちょう)の木に向かった。

朴舜臣は木の根元の木陰に寝そべり、本を読んでいた。私が近づいていくと、本から視線を上げ、私を見た。私は少し離れた位置で立ち止まり、朴舜臣を見つめた。たぶん、雨に打たれている捨て犬のような眼差しだったことだろう。朴舜臣は何も言わずに、背後に置いてあるスポーツバッグの中から携帯用の瞬間冷却パックを取り出して左手の手のひらに置き、右手のこぶしを思い切り叩きつけたあと、軽く揉みほぐし、私に投げた。私はそれを受け取って、延髄にあてた。

朴舜臣がようやく口を開いた。

「人間がいくつの細胞から出来てるか、知ってるか？」

私は頼りなく首を横に振った。

「約六十兆だよ。おっさんは、これまでどれぐらい使ってきたんだ？　使わなかった細胞をいくつ残して死んでいくんだ？」

朴舜臣はそれだけ言うと、再び本を手にして、ページに視線を走らせ始めた。私が木陰をうらめしげに眺めていると、朴舜臣は本から視線を上げないままに、言った。

「別にやめてもいいんだぜ。自分のためにやってることなんだから、誰にも気兼ねはいらないだろ」

ちくしょう、普通に励ましてくれればいいじゃねえかよ、と心の中で悪態をつきながら、とぼとぼとコースに戻っていった。

走っていたのはせいぜい三、四十分のことだろう。しかし、私はそのあいだに幻覚を二回見て（一回目は行ったことのないハワイの海が見え、二回目はいまは亡き父方の祖父が見えた）、五回ほど逃げ出すことを考え（住所と電話番号を教えてしまったことを悔やんだ）、そして、朴舜臣に対する呪詛を数え切れないほど口にした（聞こえたらまずいので、小さな声で）。

とにかく、身も心もヨレヨレになりながら、どうにか五周を走り終えた。まあ、傍から見てた人には、走っているか歩いているか区別のつかないスピードだっただろうが。

銀杏の木に戻っていくと、朴舜臣は、また瞬間冷却パックを私に放った。受け取って延髄にあてながら木陰に入り、地面にべったりと尻をつけて座った。朴舜臣が、そばに置いてあったコンビニの袋から、ポカリスエットのペットボトルを取り出して、私に手渡した。あっという間にそれを飲み干した。身体が急速に潤っていくのが分かる。

「足を伸ばせ」

朴舜臣が私の向かいに座り、言った。その通りにすると、朴舜臣は私の足を抱え、太ももからマッサージを始めた。気持ちいい。

両足のマッサージが終わると、強引に身体をひっくり返され、うつぶせの状態で、背筋と腰のマッサージを受けた。身体の中に澱のように溜まっていた悪い物質が、朴舜臣の手の動きで徐々に拡散され、身体の外へ出て行っているような気がした。本当に気持ちいい。

マッサージが終わると、ツナサンドと牛乳パックを差し出された。受け取って、訊いた。

「お金は、いいんですか？」

「めんどくせえから、トレーニングの最終日にまとめてもらうよ」と朴舜臣は言って、意味ありげに微笑んだ。「今日でギブアップしたら、今日の分はおごりでいいよ」

絶対にギブアップするもんか、と宣言しようと思ったが、絶対と言い切れるほどの自信がなかったので、代わりに、いただきます、と言って、ツナサンドを食べ始めた。疲労からか、胃が受けつけない感じだったが、これから先のことを考えて無理に口に詰め込んだ。

私が昼食を摂っているあいだ、朴舜臣は相変わらず木陰で本を読んでいた。私が食べ終わると、朴舜臣はスポーツバッグの中からバナナを一本取り出し、私に放った。私はバナナに手をつける前に、訊いた。

「このあとは、何を？」

「まずは昼寝。そのあとは午後の部。しっかり寝とかないと、きついぞ」

昼寝と聞いてすぐに、地面に大の字に寝転がった。枝が揺れるたびに木漏れ日が目に入り、眩しい。目を閉じた。あっという間にまぶたが重くなり、眼球に貼りついた。頭の中がシンと静まり返ってきている。かすかに残っている意識が背中を通して地面に吸い込まれていく——。

「起きろ、おっさん」

目を開けた。朴舜臣が私を見下ろしていた。

「昼寝は終わりだ」

「どれぐらい寝てたんですか？」と私は訊いた。

「二時間」

信じられない。もっと長い時間眠っていたような気がした。とにかく、それは久し振りの深い眠りだった。

思い切り伸びをした。その時に気づいたのだが、いつの間にか、頭の下には畳んであるトレーナーが枕代わりに置かれていて、身体には大きなバスタオルがかかっていた。上半身をゆっくりと起こした時、朴舜臣が私の手のあたりを見ながら、言った。

「早く食べちまえよ」

朴舜臣の視線を追って、自分の右手を見た。バナナを握っていた。握りっぱなしのまま眠ってしまったようだ。私はバナナの皮を剝(む)き、食べ始めた。なんておいしいんだろう。果肉の瑞々(みずみず)しさと甘さを、舌がきちんと味わえているような気がした。心地良い風が頬を撫(な)でた。私は空を見上げた。一片の雲もなく、どこまでも高い。

った。

「気持いいな……。まるで生まれ変わったみたいだ」

私がそう言うと、スポーツバッグの中に身のまわりのものを片づけ終えた朴舜臣が、言った。

「いまからまた生まれ変わってもらうぞ」

朴舜臣はスポーツバッグと私の通勤カバンを手にして、立ち上がった。

「行くぞ。午後の部、開始だ」

朴舜臣のあとについて、公園を出た。

朴舜臣は、駅とは反対の方角へ黙々と歩を進めている。私は少しだけ早足で歩き、朴舜臣と肩を並べた。朴舜臣の横顔に視線をやると、右の眉尻(まゆじり)の傷が間近に見えた。私は少しだけ迷った末に、訊いた。

「その傷はどうしたんだい？」

「小学生の時に、ナイフで切られた」

朴舜臣は前をまっすぐに見据えて歩きながら、事も無げに答えた。

「どうして？」

「喧嘩(けんか)に決まってんだろ」

「小学生でナイフを使うような喧嘩をしてたのかい？」

朴舜臣は相変わらず先のほうに視線をやったまま、言った。

「おっさんが住んでる世界と、俺が住んでる世界は違うんだよ」

それからしばらくのあいだ、口を開かずに歩いた。私にとっては気詰まりな沈黙だった。横断歩道を渡り、広い一本道に出たところで、私は口を開いた。

「夏休みだけど、おじいさんやおばあさんの顔を見に田舎に帰らなくてもいいのかい？」

朴舜臣はようやく私の顔をちらと見て、ぶっきらぼうに答えた。

「田舎なんてねえよ。それに、じいちゃんもばあちゃんも死んだ」

「申し訳ない」

私は慌てて言った。また気詰まりな沈黙が流れた。私は明るい声で、訊いた。

「おじいさんはどんな人だったんだい？」

朴舜臣が急に立ち止まった。私も歩を止めた。朴舜臣は私のほうに軽く向き直り、無表情に言った。

「じいちゃんは戦争中に日本に無理やり連れてこられた。じいちゃんの背中には、刀で切られた傷があったよ。日本人に切られたんだ。でも、俺はじいちゃんが死んだあとまで、その傷を見たことがなかった。じいちゃんは絶対に俺の前で裸にならなかったからな。だから、俺はじいちゃんと一緒に風呂に入って背中を流してやれなかった。たった一度もな。じいちゃんが死ぬ前に傷のこと知ってたら、俺は死ぬほどがんばってじいちゃんの傷を消してやりたかったよ」

朴舜臣が左手の人差し指の先を私の心臓にくっつけた。

「ここの傷をな」

朴舜臣は何かを問い掛けるような眼差しを私に注いだあと、歩を再開した。私はその場に立ち止まったまま、徐々に遠ざかっていく朴舜臣の背中を見つめていた。十五メートルほどの距離が開いた時、私は深呼吸をひとつして、朴舜臣の背中に向かって駆け出した。

私が追いつくと、朴舜臣が前方を指差しながら、言った。

「あれだよ」

二十五メートルほど先の左手に、細長い石碑が建っているのが見えた。その横には幅の広い石段が、長く長く上へと続いていた。

「神社の石段っていったら、だいたい想像がつくだろ？」と朴舜臣は言った。

「もしかして、うさぎ跳びで上がるとかじゃ……」私は恐る恐る言った。

「うさぎ跳びはアキレス腱を悪くする」

石段の前に辿り着いた。てっぺんを見上げる。優に百段はあるだろう。

「だから、代わりに爪先立ちでのぼってもらう。足の裏をつけたら初めからやり直しだからな」朴舜臣はきっぱりと言った。「さあ、始めろよ」

選択の余地はなかった。私はため息をつきながらうなずき、爪先を立て、一段目に足を伸ばした。私は一、二、三、と声を出しながら、のぼり始めた。
四、五、六、七……。
二十段目あたりから足がぶるぶると痙攣し始めた。アキレス腱が伸び切って、限界までピンと張っている感じがあった。

「切れる。アキレス腱が、切れます」

隣を普通にのぼっている朴舜臣に、そう訴えた。

「切れない」朴舜臣は断言した。「もし切れたら、病院に連れてってやる」

鬼め……。

三十段目でとうとう足の裏をついてしまった。

「一段目から」

朴舜臣はそう言って、三十段目に腰を下ろした。

「今日はこれより上に行けたら、許してやるよ」

私は石段の中央に設置してある手すりを伝いながら、ヨレヨレの足取りで下に降りていった。
一、二、三、四……。
バランスを崩し、二十二段目で足の裏をついてしまった。

「一段目から。のぼるまで終わんねえからなー」

朴舜臣は石段にのんびり腰掛け、読書を始めていた。私が反抗の意を示そうとして二十二段目で立ちすくんでいると、朴舜臣が本から顔を上げないまま、言った。

「別にやめてもいいんだぞー。俺も早く家に帰れるしなー。おっさんも早く家に帰って、盆栽でもいじくればいいよー」

ちくしょう……。

私は石段を降りる前に、言った。

「そんな趣味はないぞ!」

朴舜臣は鼻で笑った。

ちくしょう……。
一、二、三、四……。
結局、私は意地だけではどうしようもないことがあることを学んだ。何度やっても三十段以上のぼれなかった私は、手すりを伝いながらのぼるのを許され、ようやく三十一段目までのぼることができた。

三十一段目にへたり込んで、ゼーゼーと息をつきながら、私は言った。

「こんなのが……なんの……役に立つって……いうんだ」

「時期が来たら教えてやるよ。とにかく、飛びたかったら、まずはしっかりと地面に立つことから始めるんだ。そのために足を鍛えないとな」

朴舜臣が三十段目から、腰を上げた。

「ひと休みしたら、上までのぼってこいよ」

朴舜臣はそう言って、石段をのぼり始めた。軽快な足取りで、上へ上へとのぼっていく。あっという間にてっぺんに辿り着き、腰を下ろすと、また本を開いて読書を始めた。

息ひとつ切らせてない。私はてっぺんに向かい、大きな声で言った。

「なにを読んでるんだ！」

上から声が落ちてきた。

「一分以内に上がってこれたら、教えてやるよ！」

ふん、別に知らなくたっていいんだ。

いじわる……。

私が石段をのぼり切ると、朴舜臣は腰を上げ、境内の右手のほうに足を向けた。私はあとをついていった。

広い敷地の中には色々な木々が立っており、一様に濃い緑の葉を茂らせていた。ひんやりとした空気が肺に心地良く、キラキラと光る木漏れ日が目に美しい。しかし、森林浴を楽しめたのは、ほんの束の間だった。

朴舜臣が大きな樹の前で、足を止めた。樹齢が優に二、三百年は超えていそうなヒノキだった。幹の周囲は、二十メートルはありそうだ。そして、直径一メートル以上はありそうな太い枝が一本、地上から十メートルほどの位置で地面とほぼ平行に張り出しており、私はその枝から垂れ下がっているものを見て、自分がいまからやらされることを悟った。

朴舜臣は樹の根元にスポーツバッグと通勤カバンを置いたあと、枝に結ばれて地面まで垂れ下がっている太いロープを摑み、スルスルと上にのぼっていった。枝に辿り着き、枝の上に身体を引き上げて腰を下ろした朴舜臣は、言った。

「上がってこいよ」

私は、よし、と心の中で気合いを入れ、頭より少し上のあたりでロープを摑んだ。息を止め、腕に力を入れ、地面を蹴り上げながら、思い切り上へ向かってロープを手繰り寄せた。

地面に尻から落ちた。背筋に強い電流が走ったような痛みがあった。
力が足りないこともあったが、そもそも、握力が圧倒的に足りなくて、自分
ながらロープを手繰ることができないのだ。

上から声が落ちてきた。

「上がってこれるまで、終わらないからな」

朴舜臣は枝の上に悠々と腰掛け、遠くのほうに視線を向けている。私
ロープを両手で握った。行くぞ——。

落ちた。何度やっても同じだった。私が奏でる、ドスン、という尻餅の音と、ウ
いううめき声の二重奏に呼び寄せられ、お参りに来た老人たちが、私のロープのぼりを見物し始めた。恥ずかしかったが、続けた。

一時間ほどがんばり、力尽きた。私が地面に大の字に寝転がり、ハアハアと息をついていると、見物客のおばあちゃんが、私の顔の横に、紙パックのウーロン茶を笑顔とともに置いてくれた。嬉しくて、泣きそうになった。私は涙を堪え、寝転がったまま、ありがとうございます、と礼を言った。おばあちゃんは、いえいえ、と応えたあと、ほかの見物客と一緒に帰っていった。

大の字のまま、視線を上に移した。朴舜臣は相変わらず遠くを見ている。私は訊いた。

「さっきから何を真剣に見てるんだ？」

朴舜臣は私の問いが合図だったかのように、枝から腰を上げ、ロープを伝い、スルスルと降りてきた。朴舜臣は私を見下ろしながら、言った。

「上がってくれば、分かるよ」

朴舜臣は私の顔の横のウーロン茶を見て、かすかに微笑み、言った。

「今日は終わりだ。さあ、帰るぞ」

神社の近くにある、銭湯に入った。

朴舜臣に、湯船の中でよく身体を揉みほぐせ、と言われたので、その通りにした。風呂から上がり、脱衣所の大きな鏡に裸を映してみたが、ほとんど変化た。相変わらずたるんだ肉体だった。ただ、右の尻に近い太もものあたざができていた。これが今日の特訓の成果だった。なんの変化もないよえて、自分を励ました。

背広姿に着替え終え、銭湯を出た。隣のコインランドリーに入っていく子に腰掛け、本を読んでいた。隣の椅子の上には、洗濯と乾燥を終えた私のウェアがきちんと折り畳まれて載っていた。

私は、ありがとう、と言いながら、洗濯ものを通勤カバンにしまい込んだ。朴舜臣は本を閉じ、アセロラドリンクの五百ミリリットルの紙パックを私に手渡して、椅子から腰を上げた。

「行くか」

私たちはコインランドリーを出て、駅に向かった。

夕暮れの街を、黙々と歩いた。アセロラドリンクを飲み終わって腕時計を見ると、あと五分ほどで午後六時になろうとしていた。

「晩御飯は？」と私は訊いた。「もしよかったら、私にご馳走させてくれないかな？」

朴舜臣はきっぱりと首を横に振り、言った。

「めしは家で食べろ。あと、酒は当分のあいだ禁止だ」

私はその有無を言わせない口調に、素直にうなずいた。

駅に着き、一緒に電車に乗って池袋まで出た。ＪＲの改札を通ったところで、私たちは立ち止まった。

「俺、あっちだから」

朴舜臣がそう言って、私とは反対方向の乗り場を指差した。

私は、今日はどうも、と言いながら頭を下げたが、顔が下を向いていることに気づき、咄嗟に後頭部を手でかばいながら、あとずさった。顔を上げると、朴舜臣がニヤリと笑った。

「じゃあな。また明日」

朴舜臣はブルース・リー式の礼をしたあと、ホームに繋がる階段のほうへ歩き去って行った。私は朴舜臣の背中が人込みの中に消えるまで見送り、腕時計を見た。まだ七時前だった。家に帰るには早過ぎる。

山手線に乗って渋谷に出た。

数年ぶりにCDショップに入り、DVD売り場に行って、『燃えよドラゴン』を探し出し、買った。

そのあと、デパートの紳士服売り場に行った。動きやすく、機能的な下着を探して、あれこれ物色していると、売り場の若い女性が、カルバン・クラインのトランクというブリーフとトランクスが合体したものを強力に薦めたので、素直に買うことにした。念のために、二枚買った。

本屋で週刊誌を二冊買って駅前のコーヒーショップに入り、それを読むともなく読んだ。コーヒー三杯でどうにか時間を潰し、ようやくいつもの帰りの私鉄に乗る時間に近くなったので、コーヒーショップを出た。混み合った街を歩いていると、遥と同年代と思える女の子たちが、次々と私の隣を擦れ違っていった。街角のあちこちには、下卑た眼差しの男たちが立ち、彼女たちを物色していた。少しの胸の痛みと、多くの憎悪を感じた。いつかこの痛みと憎悪から解放される日が来るのだろうか？

　十時ぴったりに電車が最寄り駅のホームに滑り込み、私はバスロータリーに向かった。土曜日なのでスタメンたちはいないと思ったのだが、予想は裏切られ、全員の姿がそこにあった。私はバス乗り場から十五メートルほど離れた場所で足を止めた。みんな、土日もなく働いているのだろうか。それとも、私のように休日を家で過ごせない理由があるのだろうか――。

　私の視線に気づいたのか、スタメンの中の一人が私に目を向けた。そして、腕時計にちらっと目をやったあと、また私を見た。

　何をしてるんだ？　早く列に加われよ。バスが来てしまうぞ――。

　視線がそう語り掛けていた。

　私は顔を横に向け、彼の視線を外し、誘いを蹴った。そして、名残惜しそうな足を無理に動かし、ロータリーが終わっていつもの路線へと繋がるスタート地点に向かった。残りのスタメンたちが私に気づいて視線を注いでいたが、私はそれに応えず、足早に歩を進めた。一直線の道の入口で立ち止まり、通勤カバンの中から運動靴を取り出して、履いた。

上着を脱ぎ、ネクタイを外して、カバンの中に詰め込む。乗り場のほうを見ると、もう誰も私を見ていなかった。私はスタメンから外されてしまったのかもしれない。たとえそうでも仕方がない。私はすでに日常から逸脱しているのだ。もう列に戻ることはできない。

バスが到着し、八人を吸い込んだ。しかし、ドアを閉めない。大きなフロントグラスを通して、私の姿が見えているのだろう。運転手の戸惑いが感じられた。やがて、諦めたようにドアがゆっくりと閉まり、車体が動いた。私は地面に置いてあったカバンを脇に抱え、視線を前に向けたあと、大きく深呼吸をした。後ろから聞き慣れたバスのエンジン音が迫ってきている。音が真後ろで聞こえた次の瞬間には、右横をバスが通り過ぎた。私は足を始動させた。昼間のトレーニングの影響で、足が重い。カバンを抱えているせいで腕もうまく振れず、走っているというより、小走りで歩いているというほうが近いかもしれない。それも、無様な足取りで。

バスは、当然ながら私のペースなどに一切構わず、時々赤信号に捕まって停まる以外は、快調なペースで淡々と先を走って行く。そんなわけで、私が二つ目の停留所を通り過ぎた時には、バスは私の視界の中には影も形もなかった。しかし、私は走るのをやめなかった。

息も絶え絶え、身体中汗だくで、六つ目の停留所に辿り着いた。激しい息継ぎの合間にどうにか、ゴール、とつぶやきながら、停留所の前で足を止めた。停留所の小さなベンチが目に入ったが、座らなかった。その代わり、通勤カバンだけを座らせたあと、膝の上に手のひらを置き、前屈みになって必死に息を整えた。五分ほど経つと呼吸が落ち着いてきたので、カバンの中からタオルを取り出し、汗を拭きながら家への道を歩き出した。

家に着き、ダイニングに入っていくと、いつものように夕子が忙しく立ち働いていた。

「ただいま」

キッチンで洗いものをしている夕子の背中に声をかけると、夕子は振り返らないまま、おかえりなさい、と返事をした。普段なら顔を合わせてもらえないことに心細さを感じただろうが、今日は違った。嘘をついている後ろめたさが顔に出ているような気がして、それを見られなかったことにほっとしたのだった。

寝室へ行き、部屋着に着替え、洗面所で顔を洗ったあと、ダイニングへ戻った。テーブルに座って、載っているものを眺めた。いつもと色合いが違い、全体的に白っぽい。ツナと卵の白身が添えてある野菜サラダ。しらす干しがまぶしてある冷奴。鶏のささみには溶けたチーズが載っていて、ゴマだれらしいソースがかかっていた。そして、おかずの横には半分に切ったグレープフルーツが置いてあり、果肉の上には適度にハチミツが垂らしてあった。

夕子がご飯をよそった茶碗を運んできて、私の前に置いた。ご飯の量がいつもの半分だった。

「なんかいつもと違うなあ」

私が独り言のようにそう言うと、夕子は、最近太り気味でしょ、と諭すように言って、またキッチンに戻っていった。確かに太り気味といえば太り気味だが……。

食べ始めてすぐに、遥は大丈夫か、とさりげなく訊いた。夕子は少しの間を置いて、はい、と答えた。その間が気になったが、あえて意味を問い質さなかった。訊いたところでどうなると言うのだ？　いまの私には、どうすることもできやしない。

食後に風呂に入った。銭湯に入っていたが、バスとのレースでひどく汗をかいていたから、ちょうど良かった。どちらにせよ、夕子に不審に思われないために、風呂には入るつもりでいたのだ。湯船に浸かり、足の筋肉をよく揉みほぐした。

風呂を出たあと、夕子が寝室へ行ったのを確かめ、リビングに行き、こっそり『燃えよドラゴン』を見た。もちろん、音声はヘッドフォンで聴いた。血が熱くなった。見ていると、アドレナリンとかエンドルフィンとかそういった物質が、過剰に分泌されていくような気がした。それにしても、映画を見たのはどれぐらいぶりだろう？　前に見た映画すら思い出せない。

大満足で『燃えよドラゴン』を見終え、歯を磨きに洗面所に行った。鏡を見ながら磨いていたうちに、気がつくと、ブルース・リーの顔マネをしていた。全然似てなかったし、ひどく照れ臭くなったので、鏡に水をかけて自分の顔を歪ませ、恥ずかしさを紛らわせた。

寝室に入ると、夕子が寝息を立てていたので、静かにベッドに入った。

数分後、私は穏やかで懐かしい眠りの中に入って行こうとしていた。かすかに覚醒している意識の中で、その眠りを必死に分類しようとした。それは、確か子供の頃に経験したことのある眠りだった。しかし、分類できたのは、そこまでだった。薄明の記憶の中をあてもなくさまよっているうちに、まるで落とし穴にストンという音を立てて落ちるように、一気に眠りの中に呑み込まれていった——。

7月15日

筋肉痛。

懐かしい響き。そして、痛み。身体中に少し長さの足りない針金が張り巡らされていて、動くたびに肉を巻き込みながら引き攣れる感じだ。

起きてすぐに、隣のベッドに夕子の姿がないのを確かめ、ベッドの上で軽く柔軟体操をした。身体を伸ばすたびに、ギシギシとかミシミシとか、そういった音が関節のあたりから聞こえてきそうだった。

ベッドから恐る恐る足を下ろし、床の上に立った。何歩か歩いてみる。思ったよりひどい痛みはなく、ほっとした。朴舜臣の言う通り、湯船の中でよく揉みほぐしたのがよかったのだろうか。

支度を済ませ、ダイニングへ向かった。夕子はキッチンにいて、朝食の支度をしていた。また嘘をつくのが気詰まりで、声を掛けづらいままテーブルに座ると、夕子が私に気づき、

テーブルに朝食を運んできた。

「おはようございます。今日も仕事ですか。ご苦労様」

夕子はいつものように軽い口調でそう言って、キッチンに戻って行った。なんとなく突き放された感じがして、少し寂しい気がした。

納豆と生卵。カボチャの煮物に豆腐の味噌汁。牛乳と、ヨーグルトがかかっているブルーベリーの実。

「納豆、苦手なんだけどなあ……」

キッチンにいる夕子に聞こえないように言ったつもりだったが、つべこべ言わずに食べてください、身体にいいんですから、ときつい声で言われてしまった。

打ちひしがれながら、牛乳を飲もうとコップを手に取った、つもりだったが、テーブルの上に落としてしまった。手に力が入らなかった。原因はすぐに分かった。ロープのぼりのせいで、握力が落ちているのだ。

夕子が布巾を持ってきて、もうそんな歳ですか、と独り言のように言い、テーブルの上を拭いた。寂しさを噛み締めながら、納豆をかき混ぜた。

「何も壊さずに新しく何かを作り出そうなんて、そんな都合のいいことはありえないよ」

朴舜臣は、私の背中を思い切り押しながら、言った。

「とにかく、筋肉をつけようと思ったら、いったん古い筋肉を破壊しなくちゃいけないんだ。壊れたものを再構築して、新しく作り直す。それの繰り返しだ」

朴舜臣が、私の背後から離れた。私は背中を地面につけて、横になり、激しく息をした。トレーニング前の柔軟体操が、ようやく終わった。身体が硬い私にとっては、柔軟体操もトレーニングのようにしんどかったが。

朴舜臣は、私を見下ろしながら、言葉を続けた。

「言うなれば、おっさんは毎日毎日新しく生まれ変わるんだ。トレーニングを続けるかぎり、退化することはありえない」

そんな考え方もあるのか――。

「いつまで寝転がってんだよ。立ち上がれ。明日のための破壊と再構築を始めるんだ」

コースに乗って走り始めたとたんに筋肉が張り、膝の関節が頼りなく揺れた。どうやら歩く筋肉と、走る筋肉は違うらしい。痛みのせいで、ひどくバランスの悪い走り方になっているのが分かる。きっと、未熟な操り師に糸を手繰られて走っている、マリオネットのような動きに見えることだろう。とにかく、身体中のあちこちの痛みが頭に押し寄せ、混

乱し、自分が走っているのか痛がっているのか分からなくなってしまいそうだった。しかし、それと同時に、私はかすかな喜びを味わっていた。足を前へ前へと踏み込むたびに、身体の中の古いものが「痛み」という悲鳴を上げながら死んでいっているのを感じる。いや、それは悲鳴ではなく、新しい細胞が誕生してくる産声なのかもしれない。私は一心不乱に産声に耳を傾けながら、前へと進んだ。

昨日にも増して上半身と下半身のバランスが悪く、スピードはまるで牛の歩みだったが、私は昨日より深い満足を感じながら四キロを走り終えた。

今日から、マッサージと昼食の前に、腹筋運動二十回と腕立て伏せ十五回が加わった。

「自分がどんな肉体になりたいのか、どんなふうに強くなりたいのか、頭の中に理想図を描いて、それに近づけようと努力するんだ」

腹筋運動はどうにかこなしたのだが、腕立て伏せは十回で地面に這いつくばってしまい、芋虫のようになっている私のそばに立って、朴舜臣はそう言った。

「漫然と数をこなそうと思うなよ。想像しながら動くんだ。俺たちは人間で、機械じゃないんだからな」

目を閉じ、理想図を思い浮かべた。ブルース・リーが浮かんだ。心の中で、怪鳥音を叫びながら、残りの五回をこなした。

石段は、三十二段までのぼれるようになった。しかし、石段の数は百二段もあった。残り、七十段。てっぺんはまだ遠い。

ロープのぼりは、まったく進歩がなかった。手にまったく力が入らず、ロープを握るそばから地面に向かってズルズルと滑り落ちていってしまった。その様子を、昨日と同じ老人たちが見物していた。

一時間半ほどがんばって、私が地面の上にのびてしまうと、ウーロン茶の紙パックが顔の横に置かれた。ふたつになっていた。また泣きそうになった。

銭湯から上がり、駅までの帰り道に、筋肉痛でヒョコヒョコと歩いている私を見て、朴舜臣が言った。

「その痛みを懐かしく思える日が、すぐにやってくるよ」

本当にそんな日が訪れるんだろうか？

8月3日

十周目。

足がかなり重くなってきた。両肘を、それまでより大きく後ろに振るようにした。肘を後ろに引けば、それが推進力になり、自然と足が前に出るようになることに、数日前に気づいた。私は学んでいる。

あと二十メートル、十五メートル、十メートル、五メートル……。

ゴール、とつぶやきながら、十周を走り終えた。息を整えるために、コースの半周をゆっくりと歩いた。

銀杏の木に戻ると、朴舜臣は相変わらず読書をしていたが、私の気配に気づくと、瞬間冷却パックを私に向かって投げた。それをキャッチし、パンチを入れ、揉みほぐし、延髄にあてた。しばらくのあいだ延髄を冷やしたあと、腹筋五十回と腕立て伏せ三十回、それにスクワット三十回に取り掛かり、二十分ほどをかけて終わらせた。

汗だくになった下着を取り替えた。木の陰にもまわらず、目の前で堂々と着替えている私を見て、朴舜臣は舌打ちをした。私がカルバン・クラインのタンクトップとトランクを着ているのが、気に入らないのだ。カッコだけいっちょまえになっている、という理由らしいが、実は羨ましがっていると踏んでいるのだが。

ツナサンドとゆで卵と牛乳の昼食を摂っていると、南方ら四人が陣中見舞いに訪れた。

さっそくみんなで車座になり、差し入れのアイスを食べた。

「調子良さそうじゃないっすか。肌の艶もいいですよ」と南方が言った。「ところで、今日の体重とスリーサイズは？」

「61キロ、体脂肪率は18パーセント、上から88、71、89」

私が答えると、山下が手帳にメモをした。私は続けて、言った。

「体重がまた六十台に乗っちゃって。先週までは五十台をキープしてたのに」

「別にふとったわけじゃねえよ。体脂肪率は減ってるだろ」朴舜臣がアイスキャンディをなめながら、言った。「いわゆる筋肉太りだ」

「確かにがっしりしてきてますよ」と板良敷。

「初めて会った時とは、別人みたいに健康的に見えますしね」と萱野。

「そうかな」と私。

「調子に乗るなよ」と朴舜臣。

「はい」と私。

南方らが笑い声を上げた。笑い止むと、南方が思い出したように、言った。

「鈴木さん、石原との対決が九月一日に決まりました」

みんなが真剣な眼差しで私を見ていた。私は笑顔を作り、うなずいた。南方が続けた。

「僕たちが最高の舞台を用意しますから」

私がまたうなずいた時、朴舜臣が腰を上げた。

「どこに行くんだい？」と私は焦って訊いた。

朴舜臣は私の顔を見て、舌打ちをし、言った。

「情けねえ顔してんじゃねえよ。トイレに行くだけだよ」

遠ざかっていく朴舜臣の背中を見送り、視線を南方らに戻すと、みんなは、初めての林間学校に子供を送り出す親のように不安な眼差しで私を見ていた。私は視線を地面に落とし、試験で落第点を取ってしまった子供のような気持で、アイスをなめた。

アイスを食べ終わると、板良敷と萱野と山下は、近くでサッカーボールを蹴っていた小学生らしき子供たち三人と、ミニサッカーを始めた。私と南方は、子供たちと楽しそうにボールを蹴っている板良敷たちを、ぼんやり眺めていた。

「遅いですね、舜臣」と南方は言った。

「アイスでおなかを壊したのかな」と私は言った。

「あいつはなに食っても壊れませんよ」

「確かにそんな感じがするね」

私と南方は、顔を見合わせて、笑った。私は笑いを収め、あらたまって言った。

「せっかくの夏休みだっていうのに、悪いね」

「いえいえ、どうせほかにやることもないですし」

「ところで、特別登校の原因の教師の取調べって、いったいなんの疑いをかけられてるんだい？」

南方はニヤリと笑い、答えた。

「うちの高校の生徒の誰かが、成績を管理してる学校のホストコンピューターに侵入して、全校生徒の期末試験の全科目の成績をすべて百点に書き換えたんですよ。その疑いが僕たちにかかってるんです。僕たちはしょっちゅう悪さをしてるから、目をつけられてるもんで」

「なんでもかんでも疑うなんて、ひどいな」

「いや、僕たちがやったんです」南方はさらりと言った。「簡単過ぎてつまんなかったですけどね。だいたい、パスワードが校長の誕生日なんですよ。もうアホらしくて」

私は呆(あき)れて、首を横に振った。南方は悪戯(いたずら)っぽい微笑みを浮かべた。私は少しのためらいのあとに、訊いた。

「ずっと訊こうと思ってたんだが、どうしてこんなふうに私のために一所懸命になってくれるんだい？」

「楽しいからですよ」南方は、なんのためらいもなく答えた。「あとは、意地ですかね」

「意地？」

南方は小さくうなずいた。

「僕たちは試験問題を解くのが苦手なだけなのに、オチコボレって呼ばれてます。僕たちがどんな人間なのかっていうのは関係ないんですよね。手っ取り早くテストをして、結果から分類して、レッテルを貼って、分かりやすいように一箇所に集めて、管理しようとする」

南方はそこまで言って、柔らかく微笑み、言葉を続けた。

「僕たちは、僕たちが何をできるのか、どんな人間なのか、見せてやりたいんですよ。僕たちを管理しようとしてる奴らとか、将来、僕たちを管理しようとする奴らに」

それは南方の言葉だったが、同時に私の言葉でもあった。違いは、いつそのことに気づいたか、ということだけだった。

私が年長者として応える言葉を探しあぐねていると、突然、バチン！ という音が近くで響いた。音がしたほうに視線を向けると、山下が立ちすくみ、いまにも泣き出しそうな顔でこっちを見ていた。サッカーボールが山下の足もとで、小さく弾んでいる。板良敷と萱野はどういうわけか地面に寝転がり、おなかを抱えて笑っている。子供たちは心配そうに山下を見ている。ふいに、山下の鼻から血が流れ始めた。それも、両方の鼻の穴から。南方は、しょうがねえなあ、とつぶやきながら立ち上がり、山下のもとに駆け寄った。南方はジーパンのお尻のポケットからティッシュを取り出し、山下に渡した。泣きべそをかいていた山下が、嬉しそうに微笑んだ。それを見て、私も微笑んだ。両方の鼻の穴から鼻血を出しながら微笑む人間を見たのが初めてで面白かったということもあったが、何よりもそれが微笑ましい光景だったからだ。そして、その微笑ましい光景の中に、私の師匠の姿が加わった。朴舜臣は両手に大きな紙袋を持ち、揺るぎない足取りでこちらへ向かってきていた。

「山下のやつ、またかよ」

地面に紙袋を置きながら、朴舜臣は言った。朴舜臣の姿に気づいた南方たちが、こちらへ戻ってきた。朴舜臣は山下の鼻血の応急処置を手際よく施したあと、みんなに向かって言った。

「みんなちょっと手伝ってってくれよ」

「今日から、新しい段階に入る」

朴舜臣はそう宣言した。朴舜臣の隣には南方らがきちんと一列に並んでいて、両手には紙袋の中から取り出したカラーのゴムボールを持っている。私はといえば、後ろに広くて大きな壁を背負い、連中と五メートルほどの距離を置いて対峙していた。後ろの壁は、公園に隣接している体育館のものだった。

「まずは、反射神経を養う訓練から始める」と朴舜臣は言った。「ボールを投げるから、手を使わずによけるんだ。行くぞ――」

朴舜臣が振りかぶったので、私は慌てて言った。

「ちょっと待ってくれ！」

「なんだ？」朴舜臣が苛立たしげに言った。

「心の準備が――」

高速のボールが飛んできて、見事に私の額にぶつかり、パコン、という間抜けな音を立てた。ほとんど同時に、あいたっ！という声を上げてしまった。恨めしげに額をさすっている私に向かって、朴舜臣が厳しい言葉を投げつけた。

「石原に言うのかよ、心の準備ができてませんから待ってください、って。それに、石原のパンチはそんなもんじゃねえぞ」

朴舜臣の隣の南方が振りかぶった。私は額から手を離し、両手を楯のようにして顔の前に掲げた。

「手を下ろせ！」

朴舜臣の怒声に従い、両手を下ろした。猛スピードのボールが顔の真ん中目掛けて飛んできたが、間一髪で首を動かして直撃は免れた。しかし、右の耳にボールがかすり、ヒリヒリと痛んだ。

「いまのボールは何色だった？」と朴舜臣が尋ねた。

私はまだ網膜に残っているはずのボールの色を、必死に探した。

「……青？」

自信はなかったが、とりあえず答えると、朴舜臣は意味ありげに微笑みながら、うなずいた。朴舜臣が板良敷に目で合図した。板良敷が大きく振りかぶる。板良敷の手に握られているボールの色を確認する。赤。目をそらすものか。赤が板良敷の手を離れ、空を切りながら、私に向かってきた。赤がはっきりと目に映り過ぎて恐怖が増幅され、私の身体は一瞬にして硬くなり、うまくよけられずにボールが鼻にぶつかった。鈍い痛みとともに、鼻の奥に鉄の匂いが湧き上がった。あっという間に涙が浮かび、視界が歪む。

「ひとつのことに捉われ過ぎると、動きは鈍くなるんだ」と朴舜臣は言った。

「だって、色のことを――」

私の反論の言葉を、朴舜臣の言葉が遮った。

「俺はたまたま何色だったか訊いただけだぜ。色当てゲームをやってるんじゃねえんだぞ」

ずるい……。

朴舜臣は私の目を見つめながら、言った。

「形や色に捉われるな。ただボールを見て、本質を摑み取るんだ」

朴舜臣が山下に目で合図を送った。山下はティッシュの鼻栓が詰まっている顔で真剣にうなずき、大きく振りかぶったあと、思い切り手を前に投げ下ろした。しかし、力み過ぎてボールが指に引っ掛かり、ボールが手から離れずに投げるタイミングがずれ、結局、ボールを足もとの地面に向かって投げてしまった。そして、ボールは、それが絶対曲げることのできない自然の法則のように、山下の顔面目掛けて跳ね返った。

パコン。

山下の鼻の穴から鼻栓が抜け、また鼻血が流れ始めていた。
板良敷と萱野が地面に転がって笑い始めた。南方は、しょうがねえなあ、と声を上げ、
朴舜臣は、やれやれ、といった感じで首を横に振り、山下に言った。
「休んどけ」
山下は、うん、と寂しそうにうなずき、鼻をつまみながら列を離れた。朴舜臣が南方を
見た。南方は、行きますよー、と言いながら、振りかぶった。
ただ、ボールを見るんだ。
オーケー、ボールを受け入れよう。
当たったところで、死にはしないだろう。
その代わり、痛みを栄養にして、必ず強くなってやる――。

七十九、八十、八十一……。
八十二段目で足の裏をついてしまった。残りはあと二十段。
ロープのぼりは、ようやく半分あたりまでのぼれるようになった。日に日に老人たちの
見物客が増え始め、毎日二十人ほどが訪れている。最近ではウーロン茶のほかに、おにぎ
りやおせんべいなどを差し入れてもらっている。

今日も一時間半ほどがんばってギブアップし、地面に大の字になってへたばっていると、そばに差し入れが置かれていった。私が、いつもすいません、とお礼を言っていると、あるおばあちゃんが、私の顔の隣に五円玉を置き、手を合わせた。私はどう応えればよいか分からず、途方に暮れて視線を上に向けた。朴舜臣が枝の上から、その様子を笑いながら眺めていた。そして、おどけた仕草で私に向かって手を合わせた。

銭湯の脱衣所の大きな鏡に映っている私の腹筋は、かすかながら六つに割れ始めていた。ふとももには、筋肉のうねりができている。腕には硬そうなこぶが。ひと月ほど前に比べると、明らかに陰影の濃い肉体になってきていた。

鏡の前を離れ、ロッカーの中から穿き古したブリーフを取り出して、身に着けた。夕子にばれないようにするための、ある種の《変装》だが、自分がスーパーマンであることを隠すクラーク・ケントのようなちょっとした悦びを感じる。実際は、私は見たままのサラリーマンだけれど。

コインランドリーで朴舜臣と合流し、駅に向かった。

池袋に着いた時、私は言った。

「一度ぐらい食事をおごらせてくれないか」

朴舜臣は首を横に振った。

「いつかな」

朴舜臣はそう言って、ブルース・リー式の礼をした。私も同じように返礼した。隣を通った若いカップルが私たちを見て、遠慮もせずに声を上げて笑った。

時間潰しのためにCDショップに寄り、DVD売り場でアクション映画中心にソフトを見繕って、何枚か買った。ちなみに、ブルース・リーとジャッキー・チェンの作品はすべて見た。少し前まではスティーヴン・セガールの作品に凝っていた。

午後十時十二分。

バスが私の隣を通り過ぎた。

よし、と一言つぶやいて、スタートした。最近は、三つ目の停留所まではデッドヒートを繰り広げられるようになった。少し前にストラップつきの通勤カバンに買い換え、背中に背負って走れるようにしたのもよかった。

まわりの景色がよく見える。これまでバスの車窓を通しては見えなかったものを、直に見て、感じ取っている。二つ目の停留所近くのコンビニ店主の疲れ切った顔。どこかの家から洩れ聞こえてくる野球中継の音。閉店間際の花屋から漂ってくる花の匂い。町内会の掲示板に書かれた「愛してる」の落書き。自転車を間に置いてキスを交わし合っているカップル。塀の上に乗って物憂げに夜空を眺めている三毛猫――。

今日は四つ目の停留所まであと五十メートルという地点で、バスの姿を見失ってしまった。しかし、先はそんなに遠くはない。必ず捕まえてみせる。

家に着いた。遥の部屋を見上げる。相変わらずカーテンが閉まったままの窓は、夜の黒に負けないほどに暗い。しばらくのあいだ眺めて、家に入った。

豆腐とワカメのサラダ。お酢とレモンがたっぷりかかったカツオのたたき。白いご飯にカボチャとひじきの味噌汁。食後にはハチミツのかかったキウイ。

キウイを食べながら、キッチンで洗い物をしている夕子の背中に向かって、言った。

「遥は、どんな感じだ？」

夕子は振り返らずに、いつも通りです、と答えた。私は、少し迷ったあとに、言った。

「もう少ししたら、遥を迎えに行くから」

夕子は小さくうなずいた。

「遥にそう伝えといてくれ」

夕子は、はい、と言って、また小さくうなずいた。

風呂に入り、『マッドマックス』を見たあと、ベッドに入った。

最良の友である眠りがすぐにやって来て私の手を掴み、優しい闇の中へ誘おうとしている。

つい最近、その懐かしい眠りの正体が分かった。子供の頃、夏休みにプールや海で泳いだあとに決まって姿を現した眠りだ。それはなんの見返りも求めず、ただ私が眠ることだけを望んでいる。私は無償の眠りを媒介にして、毎日毎日生まれ変わっている。

眠りが私の手を強く引いた。

抗う理由は見つからない。

私は眠りと一緒に、無名の闇へと続く急な階段を駆け降りていった。

8月8日

空は、いまにも泣き出しそうな顔をしながら、下界を眺めていた。

「久し振りにひと雨来そうだね」

神社の石段を降りながら、隣の朴舜臣に言った。

「そうだな」

朴舜臣は空を見上げながら数段降りたあと、ふいに足を止め、今度は足もとを見下ろした。朴舜臣の視線を追うと、左の運動靴の紐（ひも）が切れているのが分かった。その時に初めて気づいたのだが、朴舜臣の運動靴は、かなりくたびれていた。

私は石段に腰掛け、通勤カバンの中から予備の替え紐を取り出し、朴舜臣に渡した。

「備えあればなんとか、ってね」

朴舜臣は、悪いな、と言いながら紐を受け取り、石段に腰を下ろして、応急処置を始めた。

朴舜臣が靴を履き終えた時、私は言った。

「帰りに一緒に運動靴を買いに行かないか？」

「なんだよ運動靴って。俺が履いてるのはスニーカーだ」

私は気にせずに続けた。

「私にプレゼントさせてくれないか？」

朴舜臣は眉根(まゆね)を寄せ、珍しく困ったような表情を浮かべた。

「いいよ、別に。自分で買うから」

「いいからいいから」

銭湯から駅までのあいだ、それに、池袋に着くまでの電車の中で、「買ってやる」、「自分で買う」、の押し問答を延々と続け、結局、「買ってやる」が勝利を収めた。私の粘り勝ちだ。

池袋の街を二人で歩き、スポーツ用品専門の大型店に入った。スニーカー売り場であれこれ品定めをし、ナイキのスニーカーに決めた。

「ほんとにいいのかよ？」

申し訳なさそうにそう言う朴舜臣を売り場に置いて、レジに向かった。混んでいるレジでようやく支払いを済ませ、売り場に戻ると、朴舜臣の姿が見当たらなかったので、フロアをまわった。子供用のスニーカー売り場で、見つけた。朴舜臣は小さな女の子の前にしゃがみ込み、女の子とにらめっこをして戯れていた。朴舜臣と女の子のそばには、女の子の両親らしい黒人の男性と日本人の女性が寄り添うように立っていて、二人の様子を微笑みながら眺めていた。私は少し離れた位置から、朴舜臣のことを見ていた。黒人の男性が、女の子に何か声を掛けた。女の子は渋々といった感じでうなずいたあと、身体をぶつけるようにして朴舜臣に抱きついた。朴舜臣は私がこれまでに見たことのない穏やかで、柔らかい笑みを浮かべながら、女の子の身体を優しく抱き返した。女の子が朴舜臣の頬にキスをしたのをきっかけに身体が離れ、女の子は両親のもとに戻った。朴舜臣は親子三人と手を振ってお別れを済ませ、たまたま私のほうに顔を向けた。朴舜臣は私に気づき、恥ずかしそうに頬を赤らめながら、笑顔を引っ込めた。

できれば――。

私は思った。

できれば、男の子が欲しかったな。

店を出て、池袋駅に向かって歩いている途中に、雨がポツポツと降り始めた。朴舜臣が駅に出る近道を知っているというので、裏道を通った。朴舜臣は恥ずかしさが尾を引いているのか、黙々と歩を進めている。私は言った。

「朴君はいい父親になる気がするなあ」

「なにしみじみと言ってんだよ」と朴舜臣は怒ったように、言った。

私はなんとなく楽しくなって、続けた。

「いやあ、朴君の子供を見るのが楽しみだなあ」

朴舜臣は鼻で笑い、言った。

「それまで生きてんのかよ」

私が一気にへこんで、とぼとぼと歩くと、朴舜臣は、冗談だよ、と笑った。そして、私が笑顔を返そうと思った時、後ろから、おい！　という乱暴な声がぶつかってきた。私たちはほとんど同時に、声がしたほうに振り向いた。通り過ぎたばかりのコンビニエンスストアの前に、見るからにたちの悪そうな三人の若者たちがしゃがんで座り、私たちに凶暴な眼差しを向けていた。

朴舜臣の雰囲気が、瞬時に変わったのが分かった。その変化をうまくは説明できない。強いて言うなら、快晴の空があっという間に曇天に変わり、いまにもどしゃ降りが始まりそうな——。

コンビニの前の三人組は、もはや私を見ていなかった。朴舜臣を凝視している。それらの目には、緊張と恐怖と興奮がない交ぜになった、狂気の色が宿っていた。

私が無理にでも朴舜臣の背中を押し、その場を離れれば何事もなく済んだのかもしれない。しかし、私は肌が粟立つほどの緊張に襲われていて、まったくの役立たずだった。

三人組が立ち上がり、近づいてくる。朴舜臣がスポーツバッグとスニーカーの入った紙袋を、私に押しつけた。私は受け取り、胸の前で抱えた。

三人組が私たちと一メートルほどの距離を置いて、立ちはだかった。真ん中に立っている金髪の男が、へらへらと笑いながら、口を開いた。

「なんだよおめえら、ゲイの年の差カップルかよ。それに、パク君とか言ってるしよお。おめえら外人か？　外人は日本から出てけよなあ。目障りなんだよ」

右に立っている丸坊主の男が、妙に舌足らずな声で、言った。

「出てく前に、円を置いてってよ。住所を教えてくれれば、ちゃんと送って返すからさあ」

左に立っている赤いニット帽をかぶった男は何も言わず、嚙みつくような目つきで朴舜臣を睨んでいる。

なんの予兆もなかった。

私のそばで何かが動いたと思った次の瞬間には、ゴツッ、という音とともにニット帽の鼻から血が噴き出していた。朴舜臣はニット帽の顔面に叩きつけた額を素早くもとの位置に戻したあと、今度はニット帽のＴシャツの襟を摑んで思い切り手前に引き寄せ、白目を剝いているニット帽の顔面に再び額を叩きつけた。グシャッ。ニット帽は意識を失い、膝から崩れ落ちた。朴舜臣はニット帽のＴシャツから離した右手の指先を、金髪の目のあたりに素早く、こするようにぶつけた。金髪が、ギャッ、という短い悲鳴を上げ、右手で両目を押さえた。朴舜臣は少しだけ身体を沈め、ガードががら空きの金髪の股間に、重そうな右のアッパーを叩き込んだ。金髪は、喉の奥から、ヒィ、という苦しそうな息を絞り出し、右手で目を、左手で股間を押さえながら、前屈みに倒れ、意識を失った。

そこまでは、十秒もかかっていなかったろう。朴舜臣は額についている血を右手の親指で拭い取ったあと、無表情に丸坊主を見た。眉尻の傷だけが朴舜臣の内心を表わしているように、異様なほど紅い。丸坊主は恐怖を隠そうともせず、怯えた眼差しを朴舜臣に向けていた。そして、丸坊主は恐怖から安易に逃れる手段に出た。ズボンのポケットから刃渡りが五センチほどのナイフを取り出し、切っ先を朴舜臣に向けた。朴舜臣は相変わらず無表情のまま、言った。

「俺が殺せるのかよ、日本人」

丸坊主が唾を呑み込んだ。ゴクリ、という音が聞こえてきそうなほど、喉仏が大きく上下した。朴舜臣はそれが当然のように、丸坊主に向かっていった。丸坊主はナイフを突き出したまま、慌てて二、三歩あとずさったが、朴舜臣の勢いに呑まれて、足を止めてしまった。丸坊主が数少ない選択肢の中のひとつを、恐怖にあと押しされ、選んだ。ナイフの切っ先が朴舜臣に伸びる。朴舜臣は左腕を咄嗟に折り曲げ、上腕の肘のあたりの肉で、ナイフを受けた。メリッ、という耳に障る音がした。刃の半分ほどが、肉に刺さっている。丸坊主はいまにも泣き出すかのように顔を歪め、ナイフの柄から手を離した。朴舜臣はナイフの柄を摑んで刃を腕から引き抜き、地面に落とした。ナイフがアスファルトにぶつかる、カラン、という音がやけに大きく響いた。朴舜臣が、おい、と声を掛け、地面のナイフに落ちていた丸坊主の視線を拾い上げた。朴舜臣が、丸坊主の顔に向かって左腕を振った。指先まで伝っていた血が丸坊主の目に飛び込み、視界を失った丸坊主は条件反射的に手をあてて、目をこすった。朴舜臣は無防備になった丸坊主に近づき、後頭部を両手で押さえ、力任せに手前に引いた。丸坊主の頭が高速のお辞儀でもするように一気に下がっていき、待ち構えていた朴舜臣の右膝にぶつかった。ガツン、という鈍い音。まるで硬い石と石をぶつかり合わせたような。力を失った丸坊主の身体は、そのまま前のめりに倒れていき、やがては地面にうつぶせに転がった。

朴舜臣は地面に倒れている三人を無表情に眺めまわしたあと、私に視線を向けた。朴舜臣が微笑んだ。テストで良い点を取って、親に褒めてもらいたがっている子供みたいに、少しだけはにかみながら。腕の傷からは引っ切りなしに血が流れ出し、指先を伝ってポタポタと地面に落ちていっている。いや、落ちているのは血だけではなかった。私は空を見上げた。空が、本格的に泣き始めている。

私は朴舜臣に近寄り、思い切り頬を叩いた。朴舜臣は呆然(ぼうぜん)とした表情で、私を見つめている。私はスポーツバッグと紙袋を朴舜臣の胸に押しつけ、駅に向かって歩き出した。しかし、五歩ほど歩いて足を止め、通勤カバンの中からスポーツタオルを取り出し、振り返って、まだ呆然としている朴舜臣に放り投げた。朴舜臣はタオルを摑んだものの、意味を汲(く)み取れず、問い掛けるような眼差しで私を見つめた。私は視線を腕の傷口に移した。朴舜臣は初めて傷の存在に気づいたかのように、慌ててタオルを傷口にあてた。私は踵(きびす)を返し、歩を再開した。

五メートルほど進んだ時、背中に朴舜臣の怒声がぶつかってきた。

「なんなんだよ！　ちくしょう！　なんなんだよ！」

私は振り返らなかった。

8月9日

昨日からの雨は、霧雨になりながらも名残惜しげに降り続いていた。

これまでは雨が降ろうが風が吹こうが、必ず銀杏の木の下で私を迎えてくれた朴舜臣の姿がなかった。三十分だけ待って、午前九時半に公園を出た。

電車を乗り継ぎ、南方らの高校に向かった。

高校に辿り着き、この前の手順で通用口を入っていくと、教師らしき若い男と出くわした。男は黄色いタンクトップに赤の短パン、白のソックスに緑のスニーカー、それに、青のビニール傘というおよそ常人のセンスとは思えない配色の装いで私の進路に立ちはだかり、どういうわけか私を睨みつけていた。まるで、冷血の爬虫類のような目つきだった。

不思議なことに、それには見覚えがあった。つい最近、どこかで見たような……。

「あんた、どちら？」

不審がもろに滲み出ている声で、男に訊かれた。私が答えに窮していると、男は唇の端を上げてニヤリと笑いながら傘を畳み、少しだけ私ににじり寄った。

襲い掛かるつもりだろうか？

突然の事態に混乱しながらも、万が一に備えようと、私が傘を畳んだ時、男の背後から声が響いた。

「やあやあ、お待ちしてましたよ」

男の背後から現れたのは、男とは正反対の柔和で知的な容貌を持つ、初老の紳士だった。ただし、頭一面の白髪が縮れて伸びていて、SF映画によく出てくる頭のおかしな科学者のそれのようだった。

「私のお客さんですよ、猿島先生」

猿島と呼ばれた男は、紳士の出現に意気を削がれたのか、さっきとは打って変わってしおらしい態度になった。

「変質者かと思ったんですよ。最近は物騒ですからね」

紳士は顔いっぱいに笑みを広げ、言った。

「あなたの恰好のほうが、私にはよっぽど変質者に見えるなあ」

猿島は歪んだ笑みを浮かべ、相変わらずきついなあ、米倉先生は、と言った。歯ぎしりの音が聞こえてきそうな表情だった。

「それじゃ、行きましょうか」

米倉と呼ばれた男が私にそう言って、先に立って歩き始めた。私は黙ってうなずき、米倉の背中を追った。隣を通り過ぎる時、猿島が最後の凶暴な一瞥を私にくれた。思い出した。つい最近DVDで見た『ジュラシック・パーク』に出てきた、ヴェロキラプトルの目つきにそっくりなのだ。思い出せたのが嬉しくて、クスリと笑うと、背後で猿島の舌打ちが聞こえた。私は慌てて笑いを引っ込めた。

猿島の姿が見えなくなってすぐ、私は米倉に言った。

「すいません、私は――」

「鈴木さんでしょう?」米倉は相変わらずの優しい表情で、言った。「南方君たちから聞いてます」

私は、そうなんですか、と答えたあと、話の継ぎ穂を見つけられず、米倉の隣を黙って歩いた。そういえば、と米倉が思い出したように、言った。

「さっきの猿島君は、私の教え子でしてね。むかしから乱暴者で手を焼いたものです」

私は、はあ、と相槌を打った。階段をのぼっている途中、米倉が私の足もとを見て、微笑んだ。無意識のうちに、爪先立ちでのぼっていた。

「彼らといると、楽しいでしょう?」

準備室に通じる廊下を歩きながら、米倉が独り言のように言った。私は、はい、と言って、しっかりうなずいた。

準備室のドアの前に立ち、米倉がノックをした。少しの間があり、どなたですか？と問い掛ける南方の声が部屋の中から聞こえてきた。米倉が、私だ、と答えると、ドアが開いた。南方が驚いた顔で、私と米倉の顔を見た。私と米倉はとりあえず準備室の中に入った。部屋の中には板良敷、萱野、山下の姿もあった。机の上には設計図のような、見取り図のような、とにかく、何かが書き込まれている大きな紙が広げられていた。

「どうしたんですか？」

南方が、私とも米倉にともつかずに訊いた。米倉が答えた。

「下で、猿島君に絡まれててね。偶然通り掛かったものだから、ここにお連れしたよ」

南方は憎々しげな顔で、マンキーの野郎、とつぶやくと、すぐにいつもの人懐っこい顔に戻し、言った。

「こちらは、この準備室の主の米倉先生です」

米倉は、もう自己紹介は済んでるよ、と笑い、ドアのノブに手を掛けた。

「それじゃ」

米倉がそう言って、部屋を出て行こうとしたので、私は米倉に向かってお辞儀をした。

米倉が微笑んだ。無意識のうちに、ブルース・リー式の礼をしていた。

「健闘を祈ります」

米倉はそう言い残して、部屋をあとにした。

南方にソファを勧められて、腰を下ろした。

「どうしたんですか？」

南方があらためて私に訊いた。私は少しの躊躇のあとに、訊いた。

「朴君はここには来てないのかな？」

「今日ですか？」と南方が問い返した。

私はうなずいた。南方は、来てませんよ、と首を横に振って、板良敷らを見た。他の三人も首を横に振った。南方が訊いた。

「公園にはいなかったんですか？」

私はうなずいて、訊いた。

「朴君の携帯の番号を教えてくれないかな？」

「僕たちは携帯を持ってないんです」と南方は言った。

「一人も？　どうして？」

南方は私の問い掛けを無視して、言った。

「何かあったんですか?」

私は短く息をついたあと、昨日の顚末(てんまつ)を話し始めた。南方らは真剣に耳を傾けてくれた。

私が話し終えると、南方が訊いた。

「どうして舜臣をひっぱたいたりしたんですか?」

みんなの視線が私に注がれていた。私は床に視線を落として、言った。

「朴君のせいじゃないんだ。自分が情けなくて……。苛立(いらだ)ちをつい彼にぶつけてしまったんだ」

「どういうことですか?」と板良敷が訊いた。

「朴君の戦い方を見て、私は気づいたんだ。彼の中の憎しみは、私が見て見ぬ振りをしているあいだに育っていったものなんだ。私の責任なんだよ……」

「そんなこと——」

南方はそこまで言ったが、残りは口にしなかった。私は視線を落としたまま、続けた。

「私は、これまで真面目に生きてきた。人に恥じることなど何もないと思って生きてきた。でも、いまはとても恥ずかしいよ。朴君の言う通り、私はこれまで半径一メートルぐらいの視野しか持たずに生きてきたんだ。ひょんなきっかけで君たちと出会って、そのことに気づいたよ……。私は、朴君のためにこれまで何もしてこなかった。彼のような存在がいることさえ、考えてもこなかった……。彼にはもう、あんな戦い方をさせたくないよ……。私は一介のサラリーマンで、世界を変える力はないが、その代わり、彼を守ってやりたいよ……。私は——」

顔を上げ、みんなの視線をきちんと受けて、続けた。

「私は、強くなりたいよ」

束の間、部屋の中に沈黙が流れた。南方が人懐っこい笑みを浮かべた。

「舜臣の奴、もうそろそろ公園に着いてる頃ですよ」

「どうしてそう思うんだい？」と私は訊いた。

「携帯を持たないせいで、テレパシーが発達したんですよ」南方はそう言って、頭を指差した。

山下が、うん、とうなずいた。

「アホ」板良敷が南方に向かってそう言ったあと、私に言った。「たぶん、傷の治療のために病院に行ってるんだと思いますよ」

山下が、うん、とうなずいた。

「舜臣は」と萱野が言った。「ビンタを食らったぐらいで、めげるような奴じゃないですから」

山下が、うん、とうなずいた。

「それに」と板良敷が言った。「鈴木さんの気持も、ちゃんと分かってると思いますよ」

山下が、うん、とうなずいた。

「舜臣は」と南方が言った。「すごい奴ですよ」

板良敷、萱野、山下がいっせいに、うん、とうなずいた。

四人の顔に浮かんでいる笑みを見まわし、私も、うん、とうなずいた。

ソファから腰を上げ、ブルース・リー式の礼をして、部屋を出た。

確かに——。

廊下を歩きながら、私は思った。

確かに、連中には携帯は必要ないな。

電車に乗っているあいだに、雨は上がった。

蒸発せずに残っている街中の水滴は、雨雲に代わって顔を出した太陽の光に照らされ、無名で儚(はかな)い宝石となり、キラキラと輝いている。空気には夏の花の匂いがした。花の名前は思い出せないけれど。

公園が見えてきた。私は大きく深呼吸をし、入口に向かって走った。

足を止めないまま、銀杏の木まで辿り着いた。

「おせえよ」

私の師匠が木の根元にビニールシートを敷いて座り、いつものように本を広げながら、私を待っていた。左腕には白い包帯が巻かれている。私は束の間、包帯の白を凝視し、目に焼きつけて、言った。

「申し訳ない」

「早く着替えろよ」

私はうなずき、着替えを始めた。ふと、朴舜臣の足もとに視線がいった。昨日買ったばかりのスニーカーを履いていてくれた。

「ありがとう」

私がふいにそうつぶやくと、朴舜臣は、怪訝そうな表情を浮かべながら、本から視線を上げた。そして、私の下着と対面し、いつものように舌打ちした。

今度はカルバン・クラインの下着をプレゼントすることにしよう。

そう思った。

8月14日

朴舜臣は私から五メートルほど離れた位置で、野球用の軟球を握り、私を無表情に見つめていた。

「行くぞ」

私は深呼吸をして、しっかりとうなずいた。

朴舜臣が振りかぶる。

逞(たくま)しい腕が、びゅん、という音を立てながら、前に振り下ろされた。右。

上半身を右に傾げた瞬間、左耳の横を、ぶん！　という巨大な蜂が通り過ぎたような音が鳴った。

当たったらどうなるだろう？

いや、考えるのはよそう。当たった時のことは、当たった時に考えればいい。いま、何よりも重要なのは、緊張を解き、目の前の事態を受け入れ、柔軟に対処することだ。簡単に言えば、こうだ。

とにかく、当たらないようにすること。

下。

膝(ひざ)を折って屈(かが)んだ私の頭の上を、軟球が駆け抜けていった。

よく見える。表面の窪(くぼ)みまで見えそうだ。

右。

視神経と運動神経が仲良く手を取り合い、私の身体を動かしている。

左。

よけるたびに、快感が背筋を走る。

下。

ははは。

最後の一球。

左。

束の間、私と朴舜臣は無言で対峙(たいじ)した。

朴舜臣が、ニヤリと笑った。

私は朴舜臣に向かって左手を伸ばし、手のひらを上に向けたあと、親指を除く四本の指を、おいでおいで、という感じで、二度折り曲げた。ブルース・リーが敵を挑発する時に、よくやるジェスチャーだ。ついでに、顔もちょっと真似てみた。

朴舜臣の顔から、笑みが消えた。

「また基礎からみっちりやり直すか？」

私は慌てて直立不動の姿勢にして、顔も元に戻し、首を何度も横に振った。

「拾うぞ」

朴舜臣の言葉に従い、せっせと球拾いを始めた私の背中のほうから、朴舜臣のつぶやき声が聞こえてきた。

「だいたい、似てねえんだよな……」

朴舜臣は私から二メートルほど離れた位置に立ち、私を無表情に見つめていた。

「よく見てろよ」

うなずいた。

朴舜臣は両方のこぶしを顔の高さに合わせて腕を折り曲げ、ボクシングのファイティングポーズを取った。そして、ふう、と軽く息をついたかと思うと、次の瞬間には両腕を見事なコンビネーションで交互に繰り出し、シャドーボクシングを始めた。一分の無駄も無理もない、科学的で本能的な動きだった。素人目にもそれは分かる。それに、何よりも美しかった。

パンチが空を切るたびに、びゅっ、という音が鳴る。足もとからは、芝生を踏む、キュッキュッ、という音。それらのふたつの音が奏でるリズムが、妙に耳に心地良い。

音が止んだ。

朴舜臣は腕を下ろし、小さく胸を上下させながら、息を整え始めた。私は無言で朴舜臣を見ていた。朴舜臣の胸の動きが止まった。朴舜臣は私の目をじっと見つめて、言った。

「もしかして、俺の代わりに戦ってくれねえかなあ、とか思ってるだろ？」

私は生まれて初めて、ギクッ、と思った。そして、どうにかそれをごまかそうと、とりあえず笑みを浮かべた。それが裏目に出た。

「テヘッて笑ってんじゃねえよ、テヘッて」朴舜臣が呆れて、言った。「気持悪いなあ」

「申し訳ありません……」私は消え入るような声で、言った。

朴舜臣は、ったくよお、と言ったあと、気を取り直すように姿勢を正し、私を見た。私も姿勢を正し、朴舜臣ときちんと相対した。朴舜臣が口を開いた。

「おっさんが石原と殴り合いをして、勝てる確率はどれぐらいあると思う？」

「…………」

予想していた答えとはいえ、さすがにショックだった。

「ゼロだ」

「それじゃ、どうすればいいんだ？」

「おっさんが石原につけ入る隙があるとするなら、それは、石原がボクシングのチャンピオンてことだ」

「え？」

「当たり前だけど、ボクシングのチャンピオンになるためには、ボクシングのルールや技術を必死に身につけなくちゃならない。毎日、いやになるぐらいの反復練習の繰り返しだ。でも、身につければつけるほど、身体が重くなるってこともあるんだ」

朴舜臣はそこまで言うと、右手の人差し指で頭を指差した。

「ここが硬くなっちまうんだよ。ひとつのことに固執して、それに依存し過ぎると、柔軟性を失う。例えば――」

朴舜臣はボクシングのファイティングポーズを取り、続けた。

「石原はオーソドックススタイルの右構えだ。おっさんが向かって行ったら、ほとんど百パーセントの確率で左ジャブを出すはずだ。条件反射的にな――」

朴舜臣が、鋭くて素早い左のパンチを放った。

「そういうふうに訓練されてるからな。パブロフの犬並みに」

朴舜臣はファイティングポーズを解き、再びきちんと私に向かい合って、言葉を続けた。

「パンチは、ボクシングの世界では絶対的で有効な攻撃だ。でも、違う世界だったら？」

「…………」

「おっさんが違う世界に引きずり込んで、パンチを役立たずにしてやればいい。でも、そのために、まずは石原の世界に入って行かなきゃならない。左ジャブをかわしてな。ところで、石原をどんな世界に引きずり込む？」

私は少しのあいだ考えて、答えた。

「私の世界だ」

朴舜臣はニヤリと不敵に笑った。

「上等だよ。それじゃ、今日からおっさんの世界を作り始めるぞ」

私がうなずくと、朴舜臣は少し離れた位置に置いてあった薄手のタオルを拾い、両方のこぶしに巻き始めた。

即席のバンテージを巻き終えた朴舜臣は、オーソドックスのファイティングポーズを取り、左腕だけを私に向かってゆっくりと伸ばした。

——たった腕一本でお手上げかよ。情けねえ。

トレーニング初日の朴舜臣の言葉が、脳裏に浮かんだ。しかし、あの時といまの私は違う……はずだ。朴舜臣は左腕を伸ばしたまま、言った。

「左ジャブをかわしたあと、俺の下半身にタックルしてくるんだ。高校の頃、ラグビー部でタックルの練習をやらされたろ？　それを思い出すんだ」

「でも……」

「身体は一度おぼえたことを、そう簡単には忘れないもんなんだよ」

朴舜臣は左腕を畳み、言った。

「かかってこいよ」

覚悟を決め、重心を少しだけ落とし、上半身を心持ち前に倒した。あとは、朴舜臣の懐に思い切って飛び込んで行けばいいだけだったが、足が動かなかった。

「どうした？　なんのために球をよける特訓をしたんだ？」

分かっている。でも、朴舜臣の圧倒的な威圧感が、私の足を芝生に釘付けにしている。こぶしがサッカーボールのように大きく見えて、どうやってもよけようがなく思える。

朴舜臣がファイティングポーズを解き、吠えた。

「どうしてまだ何も起こってないことにビビってんだよ！　恐怖は喜びとか悲しみとかと

同じで、ただの感覚だぞ！　弱っちい感覚に支配されるな！」

朴舜臣は私を見下したような視線を向け、続けた。

「恐怖の向こう側にあるものを見たくねえのかよ」

上等だ。

私の変化に気づいた朴舜臣が、再びオーソドックススタイルで構えた。

「思い切り地面を蹴って、飛び込んで来いよ。そのために石段のぼりで、足の指の力を鍛えてきたんだからな」

私は覚悟を決め、深呼吸をしたあと、思い切って地面を蹴った——。

目の前で白い火花が散り、気がつくと、芝生の上に両膝をついていた。鼻の奥に、錆びた鉄の匂いを嗅いだ。朴舜臣が無表情に私を見下ろしながら、訊いた。

「恐怖の向こう側に何が見えた？」

「……痛み」

朴舜臣はニヤリと笑って、言った。

「まだその先があるよ。さあ、立てよ」

私が立つのをためらっていると、朴舜臣は、そういえば、と思い出したように言って、言葉を続けた。

「昨日、石原の奴、勝ったみたいだぞ。三連覇達成だ」

朴舜臣が何かを窺うように、私の顔をジッと見つめている。私は朴舜臣の顔を見つめ返しながら、ゆっくりと立ち上がった。朴舜臣がまたニヤリと笑い、ファイティングポーズを取った。

「いまみたいに、ただ飛び込んでくるだけじゃダメだぞ。パンチをよけながら、懐に入ってくるんだ」

うなずいた。

「来いよ」朴舜臣は左のこぶしをクイクイと動かしながら、言った。「俺が恐怖の向こう側に連れてってやる」

飛び込んだ。左のこぶしが襲ってくる。目を閉じてしまった。闇の中に、また白い火花が散った。一気に膝の力が抜け、地面に跪いた。目を開けた。朴舜臣がファイティングポーズを解かないまま、待っている。立ち上がった。そして、また恐怖の渦中へと飛び込んでいった――。

8月15日

十周目。

最後の五十メートルに入った。

これまでよりも、ももを高く持ち上げ、スピードを速めた。風が次々に目に流れ込んできて表面が乾き、そのせいか視界がクリアになり、世界の輪郭がくっきりと太くなったような気がした。

まだいける。腕を大きく振った。スピードが増す。まわりの景色があっという間に、どこかへ遠ざかっていく。

まだいける。ももをもっと高く上げ、肘(ひじ)を思い切り後ろへと押し込んでは、前に押し返す。聴覚が氷のように冴(さ)え、小さな羽虫が額にぶつかった、パチッ、という音が、やけに大きく聞こえた。

このスピードで転んだら、どうなるだろう？

怖い。

しかし、恐怖とは裏腹に、私の足はさらに力強く前へ前へと向かって行く。いいだろう、もっとスピードを上げてやろう。いまの私は、ひと月をかけてチューンアップされた旧型マニュアル車だ。足にはスタッドレスタイヤを履いている。

ギアをセカンドからトップに切り換えた。足の裏に感じているアスファルトの硬さが消えていき、いまにも浮き上がれそうだ。飛ぶのに足りないのは、なんだ？ たわんでいる両手を広げ、羽ばたけばいいのか？

ガクリ、と膝が揺れた。慌ててスピードを落としたが、遅かった。上半身が下半身を置き去りにして前に傾いでいく。私は咄嗟（とっさ）に両腕を折り曲げて楯（たて）のようにし、顔の前に立てたあと、頭が直撃しないように、どうにか体重を左に預け、左肩をぶつけながら地面に転がった。

横向きに二回転し、身体が止まった。しばらくのあいだ、仰向けに寝転がったまま、空をまっすぐに見上げていた。顔を横に向けた。二メートルほど先に、ゴールラインがあった。ジンジンとした痛みを肩口に感じた。上半身をゆっくりと起こし、深呼吸をして、立ち上がった。

とぼとぼと銀杏（いちょう）の木に戻っていくと、朴舜臣が本から視線を上げ、私を見た。私が地面に腰を下ろして、腹筋を始めようとした時、バンドエイドの箱が私のそばに飛んできた。箱の中からバンドエイドを抜き取り、左肘の擦り傷の部分に貼りつけていると、朴舜臣が言った。

「誰でも一度は通る道だよ」

私は動作を止め、朴舜臣を見た。朴舜臣は続けた。

「自分の力を過信して、転ぶんだ。でも、そこから先は、ふたつのパターンしかない。怖がって限界の中で折り合いをつけていくか、諦（あきら）めずに限界以上のものを追い求めるか」

朴舜臣は再び本に視線を落とした。

私はバンドエイドを貼り終え、腹筋を始めた。いつもより十回多い六十回をこなし、腕立て伏せに取り掛かった。いつもより十回多い四十回。次に、スクワット。二十回多い五十回を目標に始めた。四十回あたりで勢い余ってよろけてしまい、地面に膝をついた。朴舜臣が言った。

「何度でも転んで重力を知り尽くして、いつか飼い馴（な）らしてやればいい。そしたら、空だって飛べるようになるよ」

苦しい――。

逞しい腕が背後から伸び、私の首にぴったりと絡まって、頸動脈と気道を圧迫している。

こめかみのあたりが、痙攣し始めた。耳の奥で、チリチリという何かが焦げついているような音がかすかに聞こえる。眼圧が急上昇し、目玉が膨張して眼窩からこぼれ落ちそうだ。そして、何よりも死の恐怖が背骨のあたりに取り憑き、私の身体を震わせている。

視界が霞んできたので、慌てて逞しい腕を手で何度も叩いた。腕が首から解かれた。私は芝生の上に跪き、意地汚く息を吸い込んだ。その拍子に、口の中にたまっていた唾液が気管に入ってしまい、激しく咳き込んだ。

咳が収まり始めた頃、いつの間にか前にまわり込んでいた逞しい腕の持ち主が、私に向かって、言った。

「いまのが柔道で言うところの、《裸絞め》っていう技だ。いまみたいに頸動脈を圧迫し続けると、人間はだいたい七秒間で気を失うようにできてる。どうして気を失うか、分かるか?」

首を横に振った。

「頸動脈は、脳に血と一緒に酸素を送ってるんだ。つまり、酸欠状態でぶっ倒れるってことだ。分かったか?」

うなずいて、訊いた。

「七秒以上押さえ続けたら、どうなるんだ？」

朴舜臣は何も答えずに、無表情に私を見つめた。私が戸惑っていると、朴舜臣は相変わらず無表情のまま、言った。

「おっさんはなんのために戦うんだ？」

「娘のためだ」

「ほかには？」

「……正義のためだ」

朴舜臣は相変わらず跪いている私を見下ろしながら、カッコいいな、と言って、鼻で笑った。

「ひとつだけ確認しておくぞ。おっさんは石原に暴力を振るおうとしてるんだ。暴力に正義も悪もねぇよ。暴力は、ただの暴力なんだ。それに、人に振るった暴力は、必ず自分に跳ね返ってくる」

朴舜臣は左腕を少しだけ持ち上げ、巻かれている包帯を私に見せつけるようにした。

「跳ね返ってきた暴力を、また跳ね返そうとして暴力を振るう。それの繰り返しだ。だから、暴力の連鎖に巻き込まれたくなかったら、できるだけ相手を傷つけずに勝って、暴力の世界からさっさと逃げ出すことだ。それに――」

朴舜臣は左腕を下ろし、ふと遠くを見つめるような眼差しで私を見て、続けた。

「大切なものを守りたいんだろ？　おっさん」

「え？」

「さあ、立てよ。いまから技のコツを教えてやるよ」

朴舜臣はそう言って、跪いている私に手招きをした。私は何か大切なことを聞き逃したような気持に駆られながら、ゆっくりと立ち上がった。

九十八、九十九、百、百一……。
百二。

ようやくてっぺんに辿り着いた。私は百二段目に腰掛け、小さくガッツポーズをした。空を仰ぎ、大きく息を吸って、吐いた。顔を下ろすと、いつもてっぺんに座って読書をしながら私の到着を待っていた朴舜臣が、私に向かって文庫本を差し出しているのに気づいた。私は文庫本を受け取り、最初のページを開いた。アガサ・クリスティ、『オリエント急行の殺人』。

「今年の夏は、クリスティの作品を読破しようと思ってるんだ」朴舜臣は少し照れ臭そうに、言った。

私は『オリエント急行の殺人』をパラパラとめくりながら、言った。

「クリスティか。むかしはよく読んだよ」

「犯人は言うなよ」朴舜臣が慌てて、言った。「いまいいところなんだから」

「ヒントでもダメ？」

朴舜臣が無言で、はるか下のほうに視線を向けた。私は朴舜臣の口が開いてしまう前に、言いませんません、と許しを請うた。

それからしばらくのあいだ、てっぺんに腰掛けたまま、クリスティの作品に関してあれこれ話したあと、ヒノキに移動して、ロープのぼりを始めた。

三分の二までのぼれるようになった。

あと少しだ。

力尽きて、いつものように地面に大の字になっていると、これまたいつものように見物客の老人たちが、ウーロン茶、おせんべい、おにぎり、りんご、なし、五円玉、などを置いてくれた。いつも五円玉を置いて、手を合わせるおばあちゃんが、手を合わせる寸前に私の顔を凝視した。パンチをよける特訓でできた、右目のまわりの痣に気づいたようだ。おばあちゃんは手を合わせるのを忘れ、上に向かって、怒ったように、あんまりいじめちゃだめだよー、と声を飛ばした。いつものように木の枝に座り、遠くを見ていた朴舜臣は、おばあちゃんの声に申し訳なさそうに身を縮め、はい、と素直に答えた。

バスとは、五つ目の停留所の手前まで抜きつ抜かれつの争いを挑めるようになった。バスの後ろ姿も見失うことなく、最後まで走れている。あと停留所一つ分だ。

バスとのチェイスを終え、門の前まで辿り着いたものの、家の中に入るのがためらわれた。今朝までは青と呼べた右目のまわりの痣が、いまでは黒々とした色に変わっていたからだ。銭湯の鏡に映った顔は、まるでボクシングのコントで敗者がするメイクのような有様になっていた。今日も朴舜臣のパンチをうまくよけ切れなかったせいだが、問題は夕子にどう言い訳をするかだ。朝食の時には、うっかりして人にぶつかった、と言い訳をしておいたが、二日連続で人にぶつかったと言うわけにもいかない。

結局、適当な言い訳が思いつかず、門の前から離れ、近くにある薬局も兼ねたコンビニに行き、眼帯を買った。コンビニを出たところで眼帯をあて、店のガラスに顔を映し、様子を確かめた。なんとかごまかせそうだ。

家に戻り、ただいま、とつぶやきながら、ダイニングのドアを開けると、テーブルにおかずを運んでいた夕子とちょうど目が合ってしまった。焦って、いやあ、ものもらいができちゃってさあ、と弁解するように言うと、夕子はそっけなく、そうですか、色々大変ですね、と言い、テーブルに歩いて行ってしまった。ここのところ、ずっとこんな調子だ。早く男らしいところを見せないと、寂しい老後を送ることになってしまうかもしれない。

九月一日が待ち遠しかった。

8月23日

「最後だ」

朴舜臣がファイティングポーズを取った。両腕の隙間から、鋭い眼光がレーザー光線のように私に向かって放射されている。私と朴舜臣とのあいだの二メートルほどの空間には、きな臭い雰囲気が漂っている。

私は息を吐き出し、身体の力を抜いた。視線を少しだけ下に落とし、前に出ている朴舜臣の左足を目標に据えた。

朴舜臣曰く、「パンチを打つ時には前足に体重が載る。そうなったら地面から足を離すことはできない。墓石みたいに固定されちまうわけだ。おっさんは石原の墓石目掛けて飛び込んで行けばいい」

言葉はそこで終わりではなく、続きがあったけれど。

「まあ、それがおっさんの墓石になる可能性もあるけどな」

もう一度、息を吐いた。

ふう——。

地面を蹴った。

私が動いた瞬間、朴舜臣の左のこぶしが、かすかに動いたのが分かった。私の反射神経が認識できるのはそこまでだ。そのちっぽけな動きをタイミングに上半身を素早く屈め、両腕を広げながら、朴舜臣の左足目掛けて飛び込んでいくと、左のこぶしが、ぶん、という音を立てて頭の上を通り過ぎていった。そして、次の瞬間には、私は朴舜臣の左のふとももを両腕で抱えていた。

朴舜臣は倒れないように右足を大きく後ろに引いて踏ん張り、私の背中をポンと叩いた。私は朴舜臣の左足を離し、芝生の上に尻をべったりとつけて、座った。激しく息をつきながら、朴舜臣の顔を見上げた。朴舜臣が微笑んだ。

「いまのタイミングだ」

私は小さくガッツポーズを取った。初めての成功だったのだ。これまで何発のパンチを顔面に浴びたことだろう。

朴舜臣の顔から笑みが引っ込んだ。

「問題はここから先だ。おっさんはようやく石原の世界の入口に辿り着いただけなんだぜ」

アメとムチ。

私はムチを打たれて、うなずいた。

「明日からは、石原の世界を引っかきまわす方法を教えてやるよ」

朴舜臣はそう言うと、静かに姿勢を正した。私は慌てて立ち上がり、朴舜臣と向かい合った。

「相手を叩きのめせ！　稲妻を食らい、雷を握り潰して、誰もが恐れる危険な男になるんだ！」

朴舜臣はそう言って、私をジッと見つめた。私は少しのあいだ考えて、言った。

「『ロッキー』？」

朴舜臣が微笑んだ。

「正解」

ホッとした。二日前に見たばかりだった。昨日は『マトリックス』からの、「心を解き放て。入口までは案内してやるが、そこから先は自分で潜り抜けるんだ」が分からなくて、朴舜臣の機嫌を損ねてしまったからだ。

私と朴舜臣はブルース・リー式のお辞儀をしたあと、芝生エリアを出た。

　ほんの少し先に目指すものが見えている。

　しかし、握力は尽きかけていて、指先が苦しそうに痙攣（けいれん）している。上腕三頭筋は膨らみ過ぎた風船のようにパンパンに張り、いまにも破裂しそうだ。

　今日もダメかもしれない——。

　そう思った時、上から声が降ってきた。

「力は頭の中で生まれて、育つんだ。頭でダメだと思った瞬間に、力は死ぬんだぜ」

　オーケー。

　目を閉じ、祈るように思った。

　今日こそはのぼれる——。

　目を開け、右手をロープから離し、上へと伸ばして、摑（つか）み直した。思い切り息を吸い込み、まずは腹筋に力を入れる。力が上半身に満ちるのを待ち、息を止めたあと、両腕に力を集め、右手を支点にして一気に上半身を引き上げた。

　目の前に、太い枝が現れた。慌てて左手を枝に伸ばした。枝が太過ぎて、うまく摑まることができない。必死に手を動かして取っ掛かりを探していると、この世界で一番頼りになる物体が手に触れた。私はそれをしっかりと摑んでひと息つき、右手を枝に伸ばした。

そして、わずかに残っている両腕の力を振り絞り、身体を持ち上げた。上半身が枝の上に乗った。枝の上で這いつくばりながら身体をうまい具合に動かし、足を引き上げ、とりあえずは馬に乗るように枝を跨いで座った。

「もう離せよ」

隣に座っている朴舜臣が、ぎゅっと繋がっている私と自分の手を不機嫌そうに見ながら、言った。私は少しだけ照れて、朴舜臣に笑みを向けた。

「だから、テヘッて笑ってないで、離せよ。気持悪いなあ」

私が手を離すと、朴舜臣は下のほうに視線を向け、私を促すように軽く顎を動かした。私は地面を見下ろし、老人たちに向かって手を振った。いっせいに拍手が起こった。なんて心地良い音。手を合わせて拝んでいる人がいつもより増えている。数日前から見物客に仲間入りした神主さんが、笑みを広げながら、竹箒の先を持ち上げて旗のように振っていた。

拍手が止み、老人たちが帰り始めた。神主さんは、落ちないように気をつけてくださいよー、と言い残し、社務所へ戻って行った。私は老人たちの背中が消えるまで見送ったあと、両足を前に揃えて座り、朴舜臣がいつも見つめている方向に向き直った。

先のほうには、暮れなずむ街の様子が広がっていた。一軒家たちの画一的な屋根。背の低い無個性なビル群。私たちの訓練場の公園の緑。工場の煙突から立ち昇っている灰色の煙。カーテンレールの溝みたいに無個性な幾筋もの道。右手を見下ろすと、私を苦しめてきた長い石段が、まるでミニチュアのセットのようなサイズで見えた。

それらはどう見ても、朴舜臣の心を惹きつけるような情景とは思えなかった。しかし、いつものように私に見えていないものがあるのかと思い、必死に視界の隅々まで目を凝らしていると、隣から独り言のような声が聞こえてきた。

「俺の叔父さんはベトナム戦争に行ってるんだ」

私は朴舜臣の横顔を見つめた。朴舜臣は私に視線を合わせ、言った。

「韓国軍はアメリカを助けるために、ベトナムに出兵してるんだよ。知らなかったろ？」

私は素直にうなずいた。朴舜臣は、まあ別に知らなくてもいいことだけどさ、と言い、視線を遠くへと戻して、続けた。

「叔父さんは、俺がまだガキの頃に出稼ぎのために日本に密入国してきたんだ。俺は親父の使いでよく叔父さんのアパートに生活費とか食料とかを運びに行ったんだけど、叔父さんはいつも暗い目をしててさ……」朴舜臣はそこまで言って、皮肉っぽい笑みを口のはしのあたりにかすかに浮かべた。「まあ、あんな風呂もないような薄汚くて狭いアパートに住んでたら、暗くなるのも当たり前だけどね」

突然、児童の帰宅を促す役所の無機質なアナウンスが、『夕焼け小焼け』のメロディとともに遠くのほうで鳴り出し、向かい風に乗って私たちの耳に届いた。私と朴舜臣は顔を見合わせて、笑みを交わした。アナウンスが終わると、朴舜臣は再び遠くへ視線をやり、話を継いだ。

「叔父さんがベトナムの話をしてくれたのは、俺が中学に上がってすぐの頃だったよ。叔父さんは特殊部隊員だったから、激戦区に放り込まれたんだ。叔父さんは、地獄を見たって言ってた。仲間が次々にひどい有り様で死んでいくのを、毎日毎日見させられたって。死んでいくのは、決まって優しかったり、正直だったりする連中だったって」朴舜臣は目に悲しみの色を薄く浮かべながら、私を見て、続けた。「叔父さんは言ってた。この世界は狂ってるって。どこもあの戦場みたいなもんだって。だから、俺に生き残る方法を教えてやるって。おまえはこの国で、敵に囲まれて生きてるようなもんだからって……」

地上にあるのとは明らかに違う静寂が、私たちのまわりに流れた。私は訊いた。

「叔父さんは、どうしてるんだい？」

「いなくなっちまったよ」朴舜臣は相変わらず遠くに目をやりながら、言った。「もう一年になるかな。アパートに役人の手入れが入ったんだけど、叔父さんは捕まらなかった。俺はもう二度と捕まらないんだ、っていつも言ってたよ、叔父さんは。で、それ以来、音沙汰無し」

また短い沈黙が流れ、強い向かい風が遠くで鳴った車のクラクションを運んできた。朴舜臣は少しだけ顔を上げ、赤く染まり始めている空を見つめながら、言った。

「叔父さんはよく、『もし羽があったら、自由に何処へでも飛んで行けるのに』、って言ってた。『空の高いところから、平和に見える世界を眺めながら暮らしたい』って……」

朴舜臣は顔を下ろして私を見つめ、照れたように微笑みながら、続けた。

「叔父さんは、きっと、空が飛べるようになって、どっかに飛んでいっちゃったんだ。今頃、雲の上から俺たちを見下ろしてるかもな――」

朴舜臣がそこまで言った時、うわーっ！　という叫び声が遠くから響いてきた。私たちは反射的に声がした右手のほうに、視線を向けた。

石段の二十段目あたりに、南方の姿が小さく見えた。南方は下のほうを向いて、立っている。私と朴舜臣は南方の視線を追った。一番下の地面に、山下がまるで行き倒れの死体のようにうつぶせに転がっていた。

「まただよ」

朴舜臣がため息をついて、つぶやいた。どうやら、階段を転げ落ちたらしい。

南方が遠目でも明らかに、やれやれ、といった様子で下まで降りて行き、山下を助け起こした。二人は地面に散らばっていたアイスらしきものを拾ってコンビニの袋に入れたあと、また階段を昇り始めた。たぶん、差し入れを持ってきてくれたのだろう。二人が真ん中あたりまで来た時、私は、おーい！　と掛け声を送った。少しの時差があって二人が私の声に気づき、こちらを見上げた。私が手を振ると、二人も手を振り返した。そして、南方が唐突に山下の耳に口をつけて、ひそひそ話を始めた。ひそひそ話す必要があんのかよ、と朴舜臣が冷静な突っ込みを入れたので、私は、確かに、と応えた。

ひそひそ話を終えた二人は、石段のちょうど真ん中にある踊り場に移動し、こっちに向かってあらたまってお辞儀をして、見ようによっては踊っているようにも見える、妙なジェスチャーを始めた。お互いに向かい合って手を差し延べあったり、急に片足だけを横に向けて上げたり、とまったくもって解読不能な動きだったが、二人にとっては何らかの法則性、もしくはストーリーがあるらしく、嬉々として演じていた。

「なんなんだろうねえ、いったい」

私が笑いながらそう言うと、朴舜臣はぼそっと言った。

「IQ低そうだな、あいつら」

「確かに」と私は応えた。

私と朴舜臣は顔を見合わせて微笑んだあと、視線を南方と山下に戻した。二人は相変わらず意味不明な動きを、私たちのために一所懸命に披露していた。私は、二人の姿から目を離さずに、つぶやいた。

「敵ばかりじゃないよ」

少しの沈黙があり、朴舜臣の声が聞こえた。

「ああ」

五分ほどのショーが終わり、二人がこちらを向いて、お辞儀をした。私と朴舜臣は大きな拍手を送った。私たちの拍手の音は、あたり一帯にこだまし、しばらくのあいだ、響き渡った。二人は両手を上げて私たちの喝采（かっさい）に応え、また階段を昇り始めた。

私たちは枝から降り、二人の演者を出迎えた。

「どうでした？『ウエスト・サイド物語』」

擦り傷だらけの顔で、満面の笑みを浮かべながらそう訊く山下に、私は、一瞬の間を置いて、素晴らしかったよ、と答えた。隣で、朴舜臣が珍しくケラケラと笑った。

8月24日

なんの変哲もない一日だった。

いつものように走り、ボールやパンチをよけ、石段を爪先立ちでのぼり、ロープを手繰る。

非日常だったそれらの行為は、いつしか日常となり、私はその中で安住しかかっていた。

そう、なんの変哲もない一日だった。

渋谷の人込みの中で、石原の姿を見つけるまでは——。

朴舜臣との特訓を終え、いつものように時間潰しのために夜の渋谷の街を、行きつけの本屋目指して歩いている時のことだった。私の目は、それが当然のように前方から来る人のかたまりに吸い寄せられた。石原は同年代の二人の男を後ろに付き従える様子で、歩道を私のほうに向かって歩いてきていた。

人の波の中から石原の姿を判別した時にはすでに、私と石原の距離は数メートルほどしか開いていなかった。咄嗟のことに私はうろたえ、気づくと足が止まっていて、歩道の真ん中で立ちすくんでいた。

人々が怪訝な眼差しを向けながら、私のそばを通り過ぎていく。石原が確実に近づいてくる。着ている黄色のTシャツが身体にぴったりとしたサイズのせいで、鍛えられた胸板の筋肉のうねりが生地をまといながら威嚇的に浮き上がっている。鮮やかな黄色が目に痛い。

頭の片隅では、いま目の前で進行しているような状況を想像してみないではなかった。遥が石原に襲われたのは渋谷なのだ。しかし、あくまでそれは起こりうるはずのない想像だった。だいたい、そんな出来損ないのドラマのような偶然が本当に起こると、誰が思うだろう?

そんなわけで、恐慌に陥った私は、愚かで情けないことに顔を左右に動かし、朴舜臣の姿を探した。いるはずはなかった。私がいるのはドラマの中ではなく、現実なのだ。そして、ヒーローの出現を諦め、顔を前に戻した時には、石原は目の前にまで迫ってきていた。石原と目が合った。一瞬にして全身の毛穴から汗が噴き出し、頭のてっぺんから足の裏までが濡れ、首筋に冷たい息を吹きつけられた時のように、肩が震えた。闘うどころではなかった。もし石原が私に気づき、襲い掛かってきていたら、私はなす術もなく蹂躙され、路上に倒れていたことだろう。そう、気づいていたとしたならば。

石原は中古レコードの盤面にある小さな傷でも見るような目で私を見たあと、何事もなかったかのように視線をそらし、私の横を通り過ぎた。後ろの二人組は、邪魔だよ、と言わんばかりに大きく舌打ちをしながら、私の両脇を通り過ぎていった。

まずは、浅い息が口から漏れ、何事も起こらなかったことによる安堵感が、全身を包んだ。次に、低い笑い声が口から漏れた。なんのことはない。石原は私をおぼえていなかったのだ。敵として認知されるどころか、存在さえも記憶から消し去られていたのだ。立ちすくみ、笑い声を立てている私を、人々は狂人を見るような目で眺め、あからさまに避けるようにして脇を通り越していった。確かに、その後の私の行動は狂人の名に価していたかもしれない。

私は笑いを収め、急いで踵を返し、石原を追った。小走りで、人をかき分けながら進むと、すぐに石原の黄色い背中を見つけ、それを見失わない距離を保ちながら、あとをつけた。

石原の無防備な後頭部が、ほんの少し先で動いている。私はそれを見つめながら、こう考えていた。

たとえば、そこらにある何か硬いものを手にして――自動販売機で売っている缶コーヒーでもいいだろう──それを石原の後頭部に思い切り叩きつけたらどうなるだろう？

　こんなことも考えた。

　たとえば、通勤カバンの中に入っているはずのボールペンを手にして背後に忍び寄り、石原の延髄に突き立てたらどうなるだろう？

　石原が横断歩道の赤信号に捕まり、止まった。車がひっきりなしに石原の目の前を行き交っている。そして、私も石原との数メートルの距離を保ったまま歩を止め、こんなことを考えた。

　たとえば、いま石原に駆け寄り、思い切り背中を押したらどうなるだろう？　車に撥ねられ、即死するだろうか？　それとも、大怪我を負い、二度とボクシングのできない身体になるだろうか？　遥の負った傷、そして、私が与えられた屈辱に見合う石原への仕打ちはなんだ？　誰か教えてくれ……。

　足を動かし、少しだけ石原に近づいた。広い背中が、手を伸ばせば届きそうな距離にある。いつの間にか、息が荒くなっていることに気づいた。石原に気づかれてしまわないように、口を閉じ、鼻で息をした。早くしないと、信号が青に変わってしまう。さあ、動け──。

　青が点った。信号待ちしていた人々が、いっせいに歩き出す。私は結局その場から動かず、人々の背中を見送った。石原の背中が次第に遠ざかっていく。私を追い越していく人人が、流れを淀(よど)ませている夾雑物(きょうざつぶつ)の私に、これみよがしにぶつかっていく。私は、人々の些細(ささい)な悪意にもかまわず、さっきのように低い声を上げて、笑った。本当は泣きたかったのだが、かろうじて残っていた自尊心がそれを留(とど)めた。

石原の黄色い背中が街の中に埋没し、再び横断歩道の信号に赤が点った。私は笑うのをやめ、大きく深呼吸をしたあと、踵を返し、来た道を戻った。

それからしばらくのあいだ、私は遥が病院に担ぎ込まれた夜よりも重い怒りと敗北感を背負いながら、渋谷の街をあてもなく歩きまわった。頭の中では、トレーニング初日の朴舜臣の言葉を反芻(はんすう)していた。

――こんなことが人生に起こるとは思わなかったろ？　せいぜい自分の半径一メートルのことだけ考えて、のうのうと生きて死んでいけたら幸せだったのにな。

自分が許せなかった。それが偶然であろうと必然であろうと、石原と会うことがないとたかを括(くく)っていた自分が許せなかった。石原に恐れをなし、また足を止めてしまった自分が許せなかった。それに、たとえ石原を襲うにしても、どうして自分の肉体を使おうとしなかったのだろう？　缶コーヒーにボールペンに車。ひと月半前の刃物となんの変わりがあるのだろう？　これまでなんのために鍛えてきたのだろう？　このひと月半はなんだったのだろう？

なんの準備もできていなかったのだ。

その答えが導き出された時、私は歩を止めた。四方を見まわす。気づくと、いつの間にか歩いたことのない道に乗っていた。多くの人々がそれぞれの目的地へ向かい、私のまわりを足早に歩き去っていく。

私は再び目的地を失ってしまった。

無性に朴舜臣に会いたかった。

8月25日

「なんかあったのかよ？」

朴舜臣にそう声を掛けられたのは、球よけの訓練が終わり、あちこちに散らばっているボールを拾い集めている時のことだった。

私は動きを止め、かがめていた腰を伸ばしながら、朴舜臣のほうに振り返った。朴舜臣は軟球を手のひらで弄(もてあそ)びながら、私を見つめていた。

「どうしてそう思うんだい？」と私は訊(き)いた。

「もともと冴(さ)えない顔が、さらに冴えないからだよ」

朴舜臣はそう言って微笑んだが、私は笑みを返すことができなかった。朴舜臣は笑みを収めたあと、唇の左端を少しだけ吊(つ)り上げ、困った表情を浮かべた。強がりでもいいから、私が何かを口にすべきだったのだろうが、私の口からは浅いため息だけが漏れていた。

「行くぞ」

突然、朴舜臣がそう言って、持っていたボールを山なりのスローボールで私に向かって投げた。私は、ゆっくりと、しかし、正確に手元に落ちてきたボールをキャッチした。軽い痛みを手のひらに感じたが、それはひどく心地良かった。朴舜臣が返球を欲して、両方の手のひらをパチンと鳴らした。私も緩やかな放物線を描くようにして、ゆっくりとした球を朴舜臣に放った。しばらくのあいだ、私と朴舜臣は無言でキャッチボールを続けた。

ボールが私と朴舜臣のあいだを二十往復ほどした頃、私は朴舜臣に訊いた。

「絶対に勝つためには、どうすればいいんだい？」

「そんなに勝ちたいなら、刃物を持って、後ろから襲い掛かればいい」

朴舜臣はボールを投げ返しながら、そう答えた。

「…………」

私はボールをキャッチし、すぐに投げ返した。

「過剰な思いや力は、すべてを台無しにするかもしんねえぞ」

再び、朴舜臣がボールを投げながら、言った。私はまた無言でボールを投げ返した。

「勝つためには、想像することだ」

朴舜臣がボールを投げながら、言った。

「想像？」

私もボールを投げながら、問い返した。朴舜臣はボールをキャッチし、言った。

「実際におっさんが石原と闘うのは一度っきりだ。でも、頭の中では何百回と闘える。歩いてる時、電車に乗ってる時、トイレに入ってる時、頭の中で色々な状況を想定しながら石原と闘い続けるんだ。闘い方は教えたろ?」

朴舜臣がボールを投げた。

「でも……」

私はボールを投げ返した。朴舜臣はボールをキャッチし、言った。

「百回目か二百回目か三百回目か、俺には分からねえけど、おっさんは石原に勝つだろう。その時の映像と感覚を忘れずに、何度も何度も頭の中で反芻するんだ。あとは対決の時に、その通りに自分の身体を動かせばいいだけだ」

朴舜臣の投げたボールを、キャッチした。投げ返しながら、言った。

「そんなに簡単にいくかな」

朴舜臣はボールをキャッチしたあと、唐突に左を向き、十メートルほど先の、いつも私が背負っている体育館の壁目掛けて、思い切りボールを投げつけた。斜めに流れていったボールは壁にぶつかって狭い角度で跳ね返り、私に向かって正確に飛んできた。私は手前でワンバウンドしたボールをキャッチし、朴舜臣を見た。朴舜臣は無表情に私を見つめながら、言った。

「自分の想像力を信じられないぐらいなら、闘うのはやめろよ。でもって、おっさんは死ぬまで誰かの想像に踊らされながら生きていけばいい」

「……」

私がボールを投げ返せないでいると、朴舜臣は続けた。

「自分のまわりを見まわしてみろよ。たいていは他人の想像から生み出されたもので埋め尽くされてる。でも、石原との対決は紛れもなくおっさんの頭から生み出された、オリジナルなものになるはずだよ。それを手にした時、勝ち負けなんてとっくにどっかに行っちまってるよ」

私は右を向き、体育館の壁にめいっぱいの力でボールを投げた。角度がつくように斜めに放ったつもりだったが、ボールはほとんどまっすぐに飛んで行き、壁にほぼ直角にぶつかって、私のもとに戻ってきてしまった。コロコロと足もとに転がってきたボールを拾い、朴舜臣を見て、言った。

「……不安なんだよ。独りでうまく闘えるか」

「どんな人間だって、闘う時は孤独なんだ。だから、孤独であることさえ想像するんだ。それに、不安や悩みを抱えてない人間は、努力してない人間だよ。本当に強くなりたかったら、孤独や不安や悩みをねじ伏せる方法を想像して、学んでいくんだ。自分でな。『高いところへは他人によって運ばれてはならない。ひとの背中や頭に乗ってはならない』」

「……ヨーダ？」

「ニーチェだよ」

「…………」

朴舜臣が、パチンと手のひらを打ち合わせた。私は持っていたボールを山なりに放った。朴舜臣はボールをキャッチし、言った。

「今日はここまでだ」

「どうして？」

「対決まであと一週間だ。身体は充分に動かしたから、そろそろ頭を動かしてもいい頃だろ？ そんなわけで、今日の午後は自習ってことで」

朴舜臣はそう言ってボールを私に投げ、ブルース・リー式のお辞儀を私に向けた。私はボールをキャッチし、お辞儀を返した。

朴舜臣がいなくなったあと、ボールを手にしながら、しばらくのあいだ、壁を見続けた。そして、目を閉じ、石原の姿を想像した。目の前に、石原が現れた。病院の廊下で見せたような、不遜な笑みを私に向けている。怒りが急速に頭の中で膨らんでいき、内側から圧力をかけるようにして、目を開けさせた。壁の前に石原が立っていた。私にも見える。

軟球を握り締め、石原目掛けて、ありったけの力を込めてボールを投げた。力任せのボールは石原から大きく逸れて右斜めの方向に流れて行き、壁にぶつかって広い角度で跳ね返り、右手にある植え込みの中に飛び込んで姿を消してしまった。視線を壁の前に戻すと、石原の姿も消えていた。朴舜臣の言葉が蘇った。

——過剰な思いや力は、すべてを台無しにするかもしんねえぞ。

ボールを捜しに行こうと、足を動かしかけたが、やめた。ボールは必要ない。ボールは頭の中でこしらえることができるだろう。

その場に腰を下ろし、あぐらをかいて座った。目を閉じた。また石原が現れた。怒りを抑えるために大きく深呼吸をしたあと、私は石原に立ち向かって行った。闘い方は知っているのだ。

8月30日

体重63キロ。

体脂肪率12パーセント。

バスト90センチ、ウエスト69センチ、ヒップ89センチ。

ジョギングコース十周を、ほとんど息を切らさずに走れるようになった。

腹筋六十回、腕立て伏せ五十回、スクワット七十回をこなせるようになった。

百二段の石段を爪先立ちでのぼれるようになり、十メートルの長さのロープをよじのぼれるようにもなった。

猛スピードで飛んでくる軟球を十球連続でよけられるようにも、朴舜臣のパンチをどうにかかわせるようにも、なった。

それに、闘い方も教わった。

想像の中では、石原と何百戦もこなしている。

バスとは、ほぼ互角の争いをできるようになった。

そうそう、アクション映画を中心に、四十三本もの映画も見た。

それらが、私がひと月半の特訓のあいだに得たものだ。

そして、いま、私と朴舜臣は芝生の上に向かい合う形で立ち、特訓期間中の最後のお辞儀を厳かに交わし合った。もちろん、ブルース・リー式。頭を上げたあと、私たちは手を上げて、パチンと打ち合わせ、ハイタッチを交わした。

「なんだか不安だな」

芝生エリアを出てすぐに、私は言った。

「明日も身体を動かしたい気分だよ」

朴舜臣がたしなめるように、言った。

「身体を休ませるのも、トレーニングの内だよ。それに、右膝、痛いんだろ？」

「どうして分かった？」私は驚いて、言った。

「歩き方が変だからな」

別に、足を引きずってるわけでもないのに……。

「たいしたことはないんだ」と私は言った。

「分かってる。でも、休ませといて損はないだろ？」

うなずいた。

銀杏の木が見えてくると、根元に座ってくつろいでいる南方と山下の姿に気づいた。

私たちが木に辿り着くと、南方は律儀に正座をして、小さく頭を下げながら、言った。

「ご苦労様でした」

「ありがとう」と私は応えた。

「今日、これから何か予定がありますか？」と南方は訊いた。

「別にないが」

南方は安心したように微笑み、言った。

「がんばってくれたご褒美って言ってはなんですけど、今日は僕たちからちょっとしたプレゼントがあるんです」

急いで銭湯で汗を流し、みんなと合流して池袋へ出たあと、山手線に乗り換え、高田馬場駅へ向かった。

目的地に向かっているあいだに、何度かプレゼントのことを尋ねてみたが、南方たちは曖昧に笑うだけで、答えてくれはしなかった。

午後六時少し前に、高田馬場駅に着いた。

駅から十五分ほど歩いた場所にある、『ムード・インディゴ』というジャズ喫茶に連れて行かれた。ドアを開けると、薄暗い店内に客の姿は見えず、スピーカーからは、エラ・フィッツジェラルドが歌う、『アイム・オールド・ファッションド』が流れていた。

カウンターの中に座って煙草を吸っていたマスターは、私たちの姿を見ても愛想を向けるようなこともせず、南方たちに軽く手を上げて会釈をしただけだった。南方たちもそれが当然のように軽く手を上げて会釈を返し、一番奥の四人掛けのテーブルに腰を下ろした。私は彼らのあとについていき、朴舜臣の隣の椅子に座った。

マスターが水を運んできた。

「サラ・ヴォーン」

南方がそう言うと、マスターは初老の肩をがっくりと落とした。マスターが少しの期待を込めた眼差し（まなざ）しで、私を見た。

「エラ・フィッツジェラルド」

マスターの目の輝きが増した。オーダーを取り終わったのとほとんど同時に、『アイム・オールド・ファッションド』が終わった。マスターは、今度ははっきりとした期待を込めた眼差しを私に向けた。

「それじゃ、フランク・シナトラの『アズ・タイム・ゴーズ・バイ』を」

私がそうリクエストすると、マスターは嬉しそうに、はいはい、とうなずいて、カウンターに戻っていった。

シナトラが、「どんなに時が経とうが、大切な事柄は何一つ変わらないのさ」と歌い上げた時、店のドアが開いて、若い男女のカップルが入ってきた。一見した感じでは、ひどく不釣合いなカップルだった。男のほうは薄暗い店内でも分かるぐらいに日焼けをしていて、さらには、濃いブルーのワイシャツを、胸をはだけながらも不自然ではなく着こなし、派手な雰囲気を醸し出していた。それに、何よりも日本人離れをした彫りの深い、整った顔立ちをしていた。一方、女のほうは白い肌にありきたりの縁なし眼鏡、それに、これといって特徴のない紺色のTシャツにジーパンを穿いていて、地味な雰囲気を隠そうともせず、伏し目がちに男の後ろに立っていた。

男が私たちのほうに向かって、白い歯を出して笑いながら、手を上げた。南方が手を上げて、応えた。男は上げた手をさりげなく女の背中に添え、軽く押すようにしながら、私たちのテーブルに近づいてきた。

「はじめまして、佐藤・アギナルド・健です」

男はそう言って、私に微笑みを向けた。見掛けとは違い、きちんとした喋り方で、微笑み方といい、私はいっぺんに好感を持ってしまった。佐藤が微笑みを深めた。背筋がゾクッとするような感じがあった。

「やめとけよ」

南方がそう言うと、佐藤は顔に浮かんでいる笑みを悪戯っぽいものに切り換え、南方に向けた。

「こちらが三浦直子さん」

佐藤がそう紹介すると、三浦直子は相変わらず伏し目がちのまま、小さく頭を下げた。

「俺は向こうで待ってる」

佐藤はそう言って、マスターがいるカウンターに向かい、ストゥールに腰を下ろした。

「ルイ・アームストロング」

佐藤の答えに、マスターは深い深いため息をついた。佐藤は楽しそうに、からからと笑った。

山下が後ろの席に移動し、三浦直子が私と朴舜臣の向かいの席に、南方と隣り合わせで座った。マスターが水とともにテーブルにやってきて、三浦直子のアイスミルクティーのオーダーを取り、去っていった。

南方は手のひらを上にして私のほうに向け、三浦直子に言った。

「こちらは遥さんのお父さんです」

下げた。

三浦直子はようやくきちんと視線を上げて私を見、はじめまして、とつぶやいて、頭を下げた。

南方が私を見て、言った。

「三浦さんは遥さんのクラスメイトで、親しい友だちです」

私も慌てて、はじめまして、と言って、頭を下げた。南方が続けた。

「三浦さんは遥さんが怪我をした日、一緒にカラオケボックスにいたんです」

話の内容がうまく飲み込めずに、私が南方と三浦直子の顔を交互に眺めていると、三浦直子が唐突に、ごめんなさい、と消え入るような声でつぶやいた。

「どうして謝るんだい？」

私がそう訊いた時、マスターがアイスミルクティーを持ってテーブルにやって来た。マスターがテーブルを離れるのを待ち、私は言った。

「どういうことなんだい？」

音楽が、フランク・シナトラに代わって、演奏者の分からないソロ・ピアノになった。

曲は『エンジェル・アイズ』だった。

三浦直子の目に、強さが点(とも)った。

三浦直子は、七月九日のことについて、話し始めた——。

七月九日、期末試験を終えた遥と三浦直子は、縮んでいた羽を久し振りに伸ばそうと、渋谷に買い物に出て、いくつかのデパートをまわり、たわいもない買い物をして楽しんだ。遥は時計売り場で男物の時計に目を留め、こう言ったそうだ。

「お父さんの誕生日が九月にあるから、時計でも買ってあげようかな」

そして、こう続けたそうだ。

「でも、貯金を全部下ろさないといけないな」

デパートを出て、ファストフードのお店でお茶を飲んだあと、三浦直子が遥をカラオケに誘った。遥は乗り気ではなかったが、三浦直子の強い誘いに抗（あらが）えず、結局、行くことにした。ただし、門限に間に合う八時半まで、という約束を取りつけて。

午後七時過ぎ、二人はカラオケボックスに入った。三十分ほどして、遥がトイレに立った。そして、遥が部屋に戻ってきてすぐ、石原が部屋に入ってきた。たぶん、廊下を通った遥を見て、目をつけたのだろう。石原の後ろには、同じ学生服を着た、二人の男が付き従っていた。三浦直子は二人の男に部屋からむりやり連れ出され、石原たちの部屋に押し込められた――。

「三人とも、酔ってるみたいでした。閉じ込められた部屋のテーブルには、ビールが置いてあったし……」三浦直子は、顔に憎悪の影をかすかに浮かべながら、言った。「わたし、助けに行きたかったけど、怖くて身体が動かなくて……」

三浦直子の前に置いてある、アイスミルクティーのグラスの氷は完全に溶けてしまい、水の透明な層が乳白色の液体の上に低く載っていた。三浦直子は続けた。

「閉じ込められてから五分ぐらいして、わたしを見張ってた二人が急に慌て始めて、一人が携帯でどこかに電話をしてるのが分かりました。部屋のドアがガラス張りなんで、よく見えたんです。それから三十分後ぐらいに、ジャージ姿の男の人が部屋に入ってきて、遥はちょっと怪我をしただけで大丈夫だからって。いまから病院に運ぶから心配することはないって。でも、遥のためにならないから、今日のことは黙ってるようにって……」

酔っていたこともあり、石原は抵抗した遥を手ひどく殴ったのだろう。そして、たぶん、大事なインターハイの前であることを酔った頭でどうにか思い出した連中は、揉み消し工作を図った。そこで、ジャージ姿の安倍の登場だ。教頭の平沢に、まずは先兵として送り込まれたのかもしれないが。

三浦直子は怯えの色を目のあたりに浮かべて、続けた。

「ジャージ姿の男が部屋を出て行ってすぐに、入れ代わりに遥に怪我させた奴が入ってきて、わたしに、今日のこと喋ったらおまえも同じような目に遭わせてやる、って……。整形しても治らないような面にしてやる、って言って、血のついたこぶしをわたしの顔に近づけて、気味の悪い顔で笑ったんです。わたし、ほんとに怖くて、思わずうなずいちゃって……」

三浦直子の顔が歪んだ。いまにも泣き出しそうだ。

「わたし、遥のことが心配だったけど、どうしたらいいか分からなくて……。ほんとに遥に悪くて、でも、連絡もできなくて……。入院してることも知らなくて……」

三浦直子は、私と目を合わせているのがこれ以上耐えられないように急に頭を深く下げ、苦しそうな声で言った。

「ほんとにごめんなさい」

「君が謝ることじゃないよ」私は慌てて、言った。「君の気持は本当によく分かるし、それに、悪いのは君じゃない」

三浦直子の顔が上がった。すぐに両目から涙が溢れ始めた。三浦直子は眼鏡を外そうともせず、泣き続けた。本当に苦しかったのだろう。私は背広の上着のポケットからハンカチを取り出し、三浦直子に差し出した。三浦直子は受け取り、ようやく眼鏡を外して、涙を拭いた。涙が止まったのを見計らって、言った。

「もしよかったら、これからも遥と仲良くしてやってくれないかな？」

また三浦直子の目から涙が溢れ出した。三浦直子は何度も何度もうなずいた。マスターがオーダーをしていないホットミルクを持ってきて、三浦直子の前に置いた。三浦直子はマスターに向かって小さく頭を下げ、ホットミルクに口をつけた。そして、おいしい、とつぶやき、やっと微笑んでくれた。

「それじゃ、俺が送っていきますから」

佐藤がテーブルのそばに立ってそう言い、続けて、ちょっとだけ店の外で待っててもらえるかな、と三浦直子に言った。三浦直子はうなずき、席から腰を上げ、店にいる誰にともなく深々と頭を下げてテーブルを離れていったが、すぐに踵を返して戻ってきて、私にハンカチを差し出した。私はハンカチを受け取った。三浦直子は、今度は私だけに深いお辞儀をしたあと、南方らを見て、思い出したように言った。

「学園祭、楽しみにしてますから」

南方は慌てたようにうなずき、ありがとう、と少し上ずった声で言った。私は怪訝なものを感じつつ、店を出て行く三浦直子の背中を見送った。

店のドアが閉じられてすぐに、佐藤が南方に向かって手を差し出した。

「いくらだよ」と南方が訊いた。

「一万円て言いたいところだけど、夏休み特別価格で五千円でいいよ」

「ぼり過ぎだろ」と南方が不満げに言った。

佐藤は舌をチッと鳴らし、言った。

「それじゃ、おまえだったら、真面目な女子高生を説得して、家からこんなやばそうなジャズ喫茶まで連れてこれるか？」

カウンターの向こうから、マスターの大きな咳払いが聞こえてきた。南方は、分かったよ、と諦め顔で言い、ジーパンのお尻のポケットから五千円札を取り出して、佐藤に渡した。佐藤は、センキュウ、と発音の良い英語で礼を言いながら受け取り、艶っぽい笑みを私に向けた。

「一日、僕も見に行きますんで、がんばってくださいね」

私は笑顔に引き込まれ、素直に、うん、とうなずいてしまった。佐藤が、目尻の皺を深くしながら、笑みをさらに広げた。むかしに置き忘れていたような甘酸っぱいものが胸を去来した時、店内に獣の雄叫びのようなサックスの音がこだました。ローランド・カークだ。佐藤の顔から笑みが引っ込んだ。カウンターのほうを見ると、マスターが意地悪そうに笑っていた。佐藤はまたチッと舌打ちし、朴舜臣に向かって言った。

「あんまりやり過ぎるなよ」

久し振りに朴舜臣の顔を見ると、右の眉尻の傷が真っ赤に染まっていた。さっきの話に怒っているのだろう。朴舜臣は面倒臭そうに手を上げて、佐藤の言葉に応えた。

佐藤は山下の頭を優しく撫で、アディオス、とみんなに向かって言い、私たちに背を向けた。

「ちゃんと送れよ」と南方が佐藤の背中に言葉を投げた。「余計なことするなよ、アギー」

佐藤は振り向かないまま右手を軽く上げ、南方の言葉を受け取った。

佐藤がいなくなると、店の照明が十ワットぐらい暗くなったような気がした。

そういえば、と私は口を開いた。南方と佐藤とのやり取りに呆気に取られてしまい、いくつかの疑問を取り逃がすところだった。

「お金はいいのかい？」

南方は、いえいえ、と言いながら、手を振った。

「僕たちからのプレゼントですから」

私は、申し訳ない、と言って、続けた。

「それと、どうやって三浦さんの存在を知ったんだ？」

南方は困ったように眉根を寄せた。

「それは近いうちに話しますよ。まあ、僕たちには独自の情報網がありますから」

いまいち歯切れが悪く、気になったけれど、それ以上追及するのはよして、アイスコーヒーのグラスに手を伸ばした時、ちょうど店のドアが開いた。板良敷と萱野の姿が現れた。二人はまっすぐにテーブルにやって来て私に目礼をした。

「大丈夫、みんなと連絡がついた」と板良敷は南方に向かって言った。「みんな、やる気だよ」

南方は、そうか、と言って、安心したように、息をひとつついた。話が飲み込めなかったが、私はみんなに向かって、言った。

「色々と気を遣ってくれて、本当にありがとう」

「なんですか、あらたまって。水臭いっすよ」

南方がそう言うと、山下が、その通りという感じでコクンと首を動かしてうなずいた。

南方は続けた。

「明日一日はゆっくり休んで、明後日の対決に備えてくださいね。期待してますよ」

また山下がコクンとうなずいたが、私はうなずかずに、言った。

「私からも、お礼と言ってはなんだけれど、みんなにちょっとしたプレゼントをあげたいんだ」

8月31日

「今日の帰りは何時頃ですか？」

　朝食を摂っている時に、夕子に訊かれた。その種の夫婦らしい質問は久し振りだったので、嬉しくて飛びつくように答えた。

「いつも通りに帰ってくるよ」

　夕子はテーブルの上の食器を片づけながら、そうですか、と無表情に応えた。冷めた反応が寂しくて、歓心を買おうと、思わず、明日遥を迎えに行けるかもしれない、と言ってしまいそうになったが、どうにか堪えた。私が病院送りになって、迎えに来てもらう可能性もあるからだ。

「どうしたんですか？」

　私の開き掛けの口を見て、夕子が訊いた。私は、なんでもないよ、と答え、デザートの[illegible]ごを口に詰めた。

いつも通りの時間に家を出て、品川駅に向かった。

「いい歳して、遊園地もねえだろうよ」

待ち合わせ場所の京浜急行の改札で、朴舜臣が面倒臭そうに言った。

「いいじゃないか、夏休み最後の日ってことで」

「どういう理屈だよ、それ」

浮かない顔の朴舜臣とは対照的に、南方、板良敷、萱野、山下の四人は、お遊び用のゴムボールを見ている子犬のように、目をキラキラと輝かせている。山下などは、背中におやつの詰まったリュックサックを背負っていて、電車に乗ってすぐにポテトチップスを取り出し、みんなに配り始めたぐらいだ。

金沢八景(かなざわはっけい)駅まで出て、シーサイドラインというモノレールに乗り、八景島(はっけいじま)シーパラダイスに着いた。遥が中学生の時に家族三人で来たことがあって、記憶に残っていた場所だった。

水族館施設と遊園地施設兼用の一日フリーパス券を買い、みんなにプレゼントした。みんな嬉しそうだったが、朴舜臣はこの期(ご)に及んでもどういうわけか浮かない顔を崩さなかった。

まずは水族館に入った。みんなは水槽におでこをつけて覗(のぞ)き込みながら、あれは刺身にするとおいしそうだ、とか、いやテンプラのほうがいい、とか、あのさっきからグルグルまわってるマグロはロボットで、水族館員が陰からリモコンで操作してるに違いない、とか言いながら、楽しんでいた。そして、サメのいる巨大な水槽の前を通り掛かった時、一匹のサメが明らかに山下目掛けて水槽のガラスに体当たりしてきた。山下は、うわっ！と叫んで尻餅をつき、南方と板良敷と萱野は水槽にもたれかかりながら、腹を抱えて笑った。朴舜臣は、やれやれ、といった感じで首を軽く横に振った。しかし、それはちょっとした始まりに過ぎなかった。

水族館を出て、海の動物たちのショーをやっているスタジアムに向かった。運良く最前列に座れたのだが、それが裏目に出た。どういうわけかイルカたちは私たちに水がかかるように、私たちのそばでばかりジャンプをするし、アシカたちは芸の合間に私たちに向かって歯を剝き出すし、セイウチは私たちに向かって、ぶおーっ！という怒りの雄叫びを上げた。司会を担当していたお姉さんは、終始困惑した表情で、「あれぇ、今日はみんな興奮気味だなぁ。いったいどうしたのかなぁ」と観客に向かって心情を吐露していた。山下は動物たちに睨まれるたびに、反射的に、ごめんなさい、と謝っていた。南方と板良敷と萱野はずっと笑いっぱなしで、朴舜臣も時折笑い声を上げた。私は笑いながらも、山下の才能に深く感心していた。

ショーが終わり、スタジアムを出て、遊園地施設へ向かった。朴舜臣を除く四人は、ジェットジェットジェット、と連呼しながら歩き、ジェットコースターのあるほうへ向かっていた。乗降口に着いた。いつの間にか、朴舜臣の姿が消えていた。私たちが後ろを振り返ると、三メートルほど離れた場所で、朴舜臣が私たちを険しい目で睨んでいた。南方らが事の次第を察して、ふふふ、と意地悪そうに笑った。私も、ふふふ、と笑った。そして、朴舜臣の口調を真似て、言った。

「恐怖の向こう側にあるものを見たくねえのかよ」

朴舜臣の殺気が伝わってきたが、知ったことではなかった。知り合ってこの方、初めて優位に立てたのだ。朴舜臣は意を決したように鼻から息を吐き出したあと、大股で乗降口に近づいてきた。

三分ほどのあいだ、充分に重力とスピードに蹂躙された。朴舜臣はといえば、私の隣でいじらしく拷問に耐えていた。カーブで身体が大きく振れるたびに、むっ、といううめき声のようなものを上げ、アップダウンの際には目と口をぎゅっと閉じながら、人工の災厄になす術もなく翻弄されていた。

コースターが止まった。朴舜臣は疲れ切ったような顔つきで、大きく息を吐いた。私は朴舜臣の横顔を見つめていた。

「なんだよ?」

朴舜臣が機嫌の悪さを隠そうともせずに、言った。

私は目線を少しだけ落とし、自分の右手のあたりに置いた。私の背広の袖を、朴舜臣がクシャクシャになるほど強く握っていた。朴舜臣は慌てて袖から手を離した。私が微笑みを向けると、朴舜臣は少し恥ずかしそうな口ぶりで、言った。

「テヘッて笑ってんじゃねえよ、テヘッて……」

サンドイッチやハンバーガーやカレーライスを買い、屋外のテーブルで夏の光を浴びながら、昼食を摂った。食後には、山下が持ってきたプリンを食べたが、ずっとリュックの中に入っていたせいで、生ぬるいと不評だった。確かに生ぬるかったが、私はしょんぼりしている山下に、おいしいよ、と声を掛けた。それを聞いて、朴舜臣が、サラリーマンめ、という感じで、ふっ、と嫌味に笑った。さっきの仕返しに違いない。私は背広の袖を握り、ふっ、と笑った。朴舜臣が手で触れられるような濃い殺気を放ったので、私は慌てて顔から笑みを消した。

ほとんどすべてのアトラクションを楽しみ、園内をあてもなく散歩しているうちに、近くに海岸があるのが分かったので、海を見に行くことにした。

人工の海岸だったが、雰囲気は悪くはなく、私たちは砂浜に腰を下ろし、しばらくのあいだ黙って暮れなずむ海を眺めていた。夏休み最後の日だけあり、目の前を何組もの家族連れが通り過ぎていく。麦藁帽子をかぶり、ピンクの小さなバケツを持ったまだ幼い女の子が、一人で海岸を歩いていた。そして、私たちに目を留めると、女の子らしくはにかみ、私たちの誰にともなく手を振った。私たちは全員でいっせいに手を振り返した。女の子は、クスッという音が聞こえてきそうな微笑みを私たちに向けたあと、少し離れた場所を歩いていた両親の元へ駆け戻った。女の子が一所懸命に何かを報告している。まだ若い両親は熱心にうなずきながら、耳を傾けている。私たちの前を通って行く時、両親が女の子によく似た微笑みを私たちに向けながら小さく頭を下げた。私たちも両親に向かって、いっせいに小さく頭を下げた。女の子が、今度はお別れの手を振った。私たちも振り返した。三人の背中が小さくなるまで見送って、私は誰にともなく、独り言のように言った。

「娘が——、遥が初めて喋った時のことは、いまでもよくおぼえてるよ。一歳の誕生日のすぐあとのことで、『ママ』って言ったんだ。『パパ』じゃなくてかなり悔しかったが、それよりも嬉しくて嬉しくて仕方がなかった。私と妻はテープレコーダーを取り出してきて、声を録音することにした。一生の保存にしようって言ってね……。あのテープはどこに行っちゃったかなあ……」

　私は急速に色が変わりつつある海から視線を外し、みんなの顔に移して、続けた。

「昨日の話、聞かなくても分かってたんだ。遥はわけの分からない男についていくような娘じゃないって。平沢の言うことなんか全部デタラメだって。でも、病室で傷ついた遥を見た時、怖くなって、どうすればいいか分からなくて、自分が傷つきたくなくて、遥を見離してしまった……。変化のない決まり切った日常に倦んでいたくせに、いざその日常から引き離されるような出来事が起こると、面倒臭くて、見えない振りや聞こえない振りをして日常にしがみつこうとしてしまった。いや、それだけじゃない。どうして自分がこんな目に遭わなくちゃならないんだ、って遥を憎みもした。そんな自分が許せなかった……。たとえあの子がどんな目に遭おうと、世界中を敵にまわそうと、無条件に守ってやれるのは私だけなのに……。私は、自分の弱さから目をそむけてしまったんだ……。情けないよ、本当に……」

私はどうにか笑みを浮かべ、みんなに向けたあと、言葉を続けた。

「この歳になるまで、強いとか弱いとかそんなことどうでもよく生きてきたけれど、君たちに出会って、私は変わったよ。もう、自分の弱さから目をそむけることはできない、絶対に」

南方と板良敷と萱野と山下が、私の笑みに応えて、微笑んだ。朴舜臣は微笑まなかった。その代わり、おもむろに立ち上がり、揺るぎない足取りで波打ち際のほうへ歩いていく。

そして、打ち寄せる波から数メートルほど離れた場所で立ち止まり、両腕を水平より少しだけ高く上げていったん静止したあと、次の瞬間には、少しだけ膝を屈め、まるで羽ばたくように両腕を砂浜に向かって振り下ろした。足もとの砂が巻き上がるような力強さを醸し出す動きだった。再び羽が肩のあたりまで上がる。しかし、羽は振り下ろされず、朴舜臣は羽を広げたまま、バレエのターンのようにクルリとまわった。羽の先が、完璧な円の軌跡を夕暮れに描いた。軌跡が消えないうちに、朴舜臣は膝を伸ばして軽く爪先立ちになり、顎を上げて空を仰いだ。羽がさらに高く上がる。

なんというたおやかな動き——。

そうやって朴舜臣はしばらくのあいだ、私の想像の埒外の動きを見せながら、自由自在に羽ばたき続けた。夕暮れに映る羽の動きはひたすら美しく、そして、力強く、朴舜臣が飛んでいってしまわないのが不思議なぐらいだった。

「《鷹の舞い》ですよ」

私の隣に座っていた南方が、朴舜臣のほうを見ながら言った。

「モンゴル相撲で、勝った者だけが踊るのを許されるんです。舜臣流にアレンジされてますけどね」

南方が私を見て、続けた。

「真の勝者は鷹となって大空を羽ばたき、限りない自由へと近づく——。舜臣の受け売りですけどね」

朴舜臣の動きが止まった。羽を休めるように、腕をゆっくりと下ろす。朴舜臣は私たちのほうを向き、目を閉じながら息をついた。胸が小さく上下する。そして、朴舜臣が目を開けた時、まわりからいっせいに拍手が湧き起こった。まわりを見まわすと、いつの間にか、家族連れやカップルで人だかりができていた。拍手の音が海岸に満ちて、引く波とともに海の向こうへと渡っていきそうだった。私たちも拍手の列に加わった。朴舜臣は驚いたように群衆を見つめ、やがて、恥ずかしそうに微笑んだ。なぜか、私は、朴舜臣の代わりに誇らしげな気持になった。

みんなとは、品川駅の改札で別れた。

晩御飯をご馳走したい、という私の申し出は、家で食べろ、という朴舜臣の一言で、簡単に一蹴された。

別れ際、南方に明日の待ち合わせ場所と時間を告げられた。その時になって初めて、ところで、と切り出し、明日の対決のシチュエーションを尋ねた。ざっとした計画を聞いた。私は呆れて、首を何度も横に振った。だから九月一日だったのか……。私の呆れ顔をよそに、南方らはみんな不敵な顔で微笑んでいた。

十時八分。

スタート地点に立ち、スニーカーに履き替えた。

バス乗り場にいるスタメンたちから、強い視線が注がれているのを感じる。昨夜はあともう少しで勝てるところまでバスを追い詰めたのだが、もしかすると、それを快く思っていない敵意の眼差しかもしれない。でも、仕方がない。私は、今夜、どうしても勝ちたいのだ。というより、勝たなくてはならないのだ。

十時十分。

バスの到着を示す、聞き慣れたエンジン音が耳に響いた。通勤カバンを背負い、大きく息を吸った。バタン、というドアが閉まる音を合図に、息を吐き出した。左足を前に出し、上半身を少しだけ前に傾ける。バスのエンジン音が徐々に近づいてくる。

行くぞ――。

バスが横を通り過ぎたのとほとんど同時に、思い切り後ろ足を蹴った。一つ目の停留所までは信号が多く、バスが赤信号で捕まりやすいので、多少無理をしてでも、がんばってアドバンテージを取っておかなくてはならない。いつもの通り、二つ目の信号でバスが停まり、私はバスを横目に信号無視をして横断歩道を走り抜けた。いつもの祈りを心の中で唱えながら。

どうか間の悪い警官と出くわしませんように――。

二つ目の停留所を通り過ぎた時には、バスとの差を五十メートルほど稼げていた。問題はここからだ。残念なことに、ゴールの六つ目の停留所までは、まったく乗降客がなく、赤信号以外でバスが停まることがないのだ。いつでも疲れ顔の店主がいるコンビニの手前まで来ると、店の前にその店主がぽつんと佇(たたず)んでいるのが見えた。店主は私のことを見つめている。毎日同じ時間に背広姿で店の前を駆け抜けていく風変わりな中年男のことを、実は気に留めていてくれたのかもしれない。店主の前を駆け抜ける寸前に、店主に向かって左手を上げた。見返りを求めていたわけではない。それは咄嗟(とっさ)の反応だったのだが、店主は軽快な反射神経で右手を上げ、私の会釈に応えてくれた。それも、顔に薄い笑みを浮かべながら。その笑みが強い追い風のように、私の背中を押した。

ほとんど差を縮められることなく、三つ目の停留所を走り抜けた。足が軽い。四つ目の停留所を通り過ぎてすぐ、後ろを振り返った。三十メートルほどの差に縮まっている。バスの唸(うな)り声がいまにも聞こえてきそうだ。顔を前に戻し、心持ち膝を高く上げ、腕を強く振る。五つ目の停留所の手前の横断歩道を駆け抜けようとした時、横から迫ってきていたベンツに強いクラクションを鳴らされた。

うるさい、邪魔をするな。

もちろん、横断歩道の信号は赤だったのだが、知ったことではない。

轢(ひ)けるものなら轢いてみろ。今夜だけは、私は道の王なのだ。

バスが猛追している。尻(しり)を噛(か)みつかれそうだ。ははは。すごいスリル。ゴールが見えてきた。六つ目の停留所の黄色い表示板が、二十五メートルほど先で、夜の黒に浮き上がっている。さらに膝を高く上げ、腕をぶんぶんと振った。もうフォームなんてどうでもいい。合理性や整合性や辻褄(つじつま)合わせなんてクソくらえだ。少し先を、高校生らしい三人組が横に広がって、私の道を塞(ふさ)ぐように歩いていた。

「どけ!」

私の吠(ほ)え声に、三人組は身体をびくつかせながら、振り返った。

「どけ!」

もう一度吠えた。三人組は全身をすぼめるようにして、慌てて歩道の両脇に寄った。

「ありがとう!」

そう叫びながら、歩道の真ん中を全速力で走り抜けた。黄色い表示板が十メートル先に見える。背中にバスの荒い息遣いを感じている。息が苦しい。汗が目に入り、痛い。だからなんだ？　たかがあと十メートルじゃないか。いや、あと八メートル、七メートル、六メートル、五メートル、四メートル、三メートル、二メートル、一メートル――。

ゴールを駆け抜けた。

ワンテンポ遅れて、急ブレーキの音が背後でした。私も急ブレーキをかけ、立ち止まり、振り返った。乗降客もいないのに、バスが停まっている。それに、前の乗車ドアが開いている。私は肩で大きく息をしながら、停留所に向かって歩いた。まずは、拍手の音が聞こえて来た。目を凝らす。スタメンたちが車内で立ち上がり、私に向かって大きな身振りで拍手を送っている姿が、窓ガラスを通して見えた。どう対応すればよいのか分からないまま、乗車ドアの前に立った。運転手の姿が見えた。運転手は制帽の代わりに手拭い（てぬぐ）の鉢巻きを頭に巻き、潤んだ目で私を見つめていた。そして、唐突に左手の親指を立てたガッツポーズを私に送った。私は大きく深呼吸をしたあと、思い切り微笑み、右手の親指を立てたガッツポーズをバスのみんなに向けた。拍手が止まない。運転手は泣いている。バスのハザードランプは、まるで祝福のネオンのようにチカチカと輝いている。

食卓には、ビーフステーキが載っていた。

血も滴るような、という表現がぴったりの、分厚くて脂の乗った肉だった。

私は、ステーキからキッチンで立ち働いている夕子の後ろ姿に視線を移した。勇気を振り絞って、言った。

「知ってたのか？」

夕子はうなずきも、振り向きもしない。私は返事を諦め、テーブルに座った。夕子がコーンポタージュを運んできて私の目の前に置き、またキッチンに戻っていった。私はまず、コーンポタージュに口をつけた。

「スープはすぐにエネルギーに変わるんですって」夕子は振り返らないまま、言った。

「そうか」と私は答えた。

「スポーツ選手は試合の前日には、肉を食べるんですって。血の気を多くするために」

「そうか」

私はナイフとフォークを手にして、肉を切り始めた。夕子は相変わらず振り返らないまま、言った。

「ひと月半ぐらい前に、突然、高校生の男の子が家に訪ねてきたんですよ。妙に人懐こい男の子で、手には封筒を持ってて、中には朝晩の食事のメニューが書かれてて、それをあなたに食べさせてやってくれって。身体作りのために必要だからって」

肉を頬張った。懐かしい嚙み心地だった。

「同じ日に、遥の病室にも高校生の男の子が突然訪ねてきて、病室の壁に大きな白い紙を貼りつけて、そこにあなたの体重と体脂肪率とスリーサイズを書き込んだんだそうです。それからは毎日、あなたの身体の変化を書きに病室に来るようになって。その男の子はおかしな子で、ある日はいきなりずぶ濡れで病室に現れて、『川に落ちた』とか言ったり、ある日はズボンの裾が破れてて、『五匹のチワワに噛まれた』とか言ったり、初めは警戒してた遥も、次第にその子が来るのを楽しみにし始めたんです。というより、自分のことよりその子のことを心配し始めて、だんだん快方に向かうようになって」

夕子の言葉が止んだ。私は肉を食べる手を止め、夕子の背中を見つめた。突然、夕子が振り返った。顔が怒りで紅潮している。夕子は持っていた布巾を、私に向かって思い切り投げつけた。私は反射的に顔を少しだけ動かし、布巾をよけた。夕子は呆れたような、感心したような曖昧な笑みを浮かべ、言った。

「なんでよけるんですか？」

「すまない」

私が慌てて頭を小さく下げると、夕子は大きく息を吸って、言った。

「二十二年間も一緒に暮らしてきて、私が気づかないとでも思ったんですか？　土曜日も日曜日も出掛けて、どんどん痩せていって、胸板が厚くなっていって、寝言では、アチョーッとか叫んで、目のまわりには痣を作って帰ってきて」

「アチョーッなんて叫んでたのか？」私は恥ずかしくなって、訊いた。

夕子は今度ははっきりとした呆れ顔で、近くにあったしゃもじを投げた。今度はよけなかった。おでこにぶつかり、パカン、という間抜けな音がダイニングに響いた。

「なんでよけないの？ そんなんで大丈夫なの？」

夕子は腹立たしげにそう言って、泣き笑いのような表情を浮かべたあと、エプロンを乱暴に脱ぎ捨て、キッチンを出て行った。私は床に落ちたしゃもじを拾い、テーブルの上に置いて、食事を続けた。夕子と遥のために、血を作らなくてはいけなかったからだ。それに、いま夕子のもとに行ったら、私の中の何かが挫けてしまうような気がしたからだ。

食事を終え、食器を洗って片付け、庭に出てデッキチェアに座り、月を眺めて一時間ほど時間を潰した。歯を磨き、寝室へ向かった。夕子はベッドの中にいた。私は静かに自分のベッドに入り、いつもの通りに眠りに落ちようとしたが、明日への緊張と興奮と恐怖が交互にやって来て私の頭を小突き、目を開けさせる。三十分ほど寝返りを打ち続け、ベッドを出た。

納戸に向かい、床に積まれているいくつもの段ボールの中から《はるか》とラベリングされたものを新たに積み分け、①～⑤まである《はるか》の段ボールを、①から開け始めた。成長順に選り分けて入れていたつもりだったが、どういうわけかカセットテープは③に入っていた。それを持って、リビングに向かった。

照明をつけないままこっそりとリビングに入り、オーディオの電源を入れ、カセットテープをデッキに差し入れた。ヘッドフォンを繋ぎ、耳にあて、ソファに座った。そして、リモコンを手にして、まるで何かの儀式のように、厳かな手つきで《PLAY》ボタンを押した。ガチャッというテープがまわり始める音を聴いたあと、目を閉じた。

……………マンマ…………マンマ…………マンマ…………

誰かの手が私の頬に触れた。なんて暖かい——。

私は目を開けずに、その手にされるがままにした。

……………マンマ…………マンマ…………

誰かのもう一方の手が私のうなじにあてられ、強い力で前方に引き寄せられた。ヘッドフォンが外れた。代わりに私の耳に聴こえてきたのは、ドクンドクンドクンドクン、という規則的なリズムだった。このひと月半ほどのあいだ、私が一番欲しかった音。一番求めていた感触。

私は目を閉じたまま、誰かの胸に頭をしっかりと預けた。

ドクンドクンドクンドクンドクン……

誰かの手が愛撫するような動きで、私の髪の毛を撫でてくれている。明日までのあいだに、もう恐れるものは何もない。それがたとえ短いあいだであっても、私は完璧な休息を手に入れるだろう。

さあ、眠ろう。

9月1日

窓ガラスから差し込む淡い陽射しをまぶたに感じ、目を開けた。

私はリビングのソファに横たわっていた。いつの間にか頭の下には枕が置かれ、身体にはタオルケットが掛かっていた。壁に掛かっている時計を見て、時間を確かめた。

午前六時。

ちょうどいい時間だった。私は上半身を起こし、大きく伸びをした。眠りの断片が一気に霧散していく。ソファから足を下ろし、床の上に降り立った。身体に気力が漲っている。完璧な寝起きだった。

洗面所で顔を洗い、ダイニングへ向かった。キッチンでは、いつものように夕子が忙しそうに立ち働いていた。

「おはよう」

夕子は私の言葉に振り向かないまま、おはようございます、ときびきびとした声で応えてくれた。テーブルに座った。テーブルの上には、もちとほうれん草が添えられたうどん、小さめのおにぎりが二個、牛乳、それに、バナナやオレンジなどのフルーツが置かれていた。たぶん、消化の良いメニューなのだろう。

三十分ほどかけて食事を平らげたあと、ごちそうさま、と夕子に声を掛け、寝室へ向かった。私のベッドの上に、初めて見る黒の背広の上下が、私の代わりに横たわっていた。それは、遠目から見ても上等なものだと分かるデザインと、光沢のある生地のものだった。ベッドに近寄り、上着の前を開けた。内ポケットの枠についているタグには、《Ermenegildo Zegna》と書かれていた。もちろん、うまく読めなかった。イタリア語だろうか。

クローゼットのドアを開け、新品の白のワイシャツを取り出して、着た。そして、ネクタイ掛けから、特別な一本を抜き取った。今年の父の日に、遥からプレゼントされたものだ。グレー地に、黄色の細い線が斜めに入っていて、こういう柄をレジメンタルストライプと呼ぶのだと遥に教わった。おぼえるまで何度も復唱させられたが……。

スーツを着た。驚いたことに、サイズがぴったりだった。上下を着終わった時、二週間ほど前に朴舜臣がメジャーで腕の長さや肩幅まで測ったことを思い出した。理由を尋ねると、うるせえ、と言われたので、はい、とされるがままにしたのだった。

クローゼットに備え付けの、背の低いタンスの一番上の引き出しから、白い封筒を取り出し、背広の内ポケットに入れた。平沢からの《見舞い金》だ。

通勤カバンを持ち、寝室を出た。キッチンに顔を出そうかどうか迷った末に、そのまま玄関に向かった。靴を履いていると、背後から夕子のスリッパの音が近づいてきた。音が止まった。靴を履き終わり、気づかれないように息をついたあと、立ち上がって、後ろを振り返った。満面の笑みが、待っていてくれた。まずい。出て行けなくなってしまう——。

私は笑みに応えず、言った。

「行ってくる」

夕子はかすかにうなずいて、おもむろに左手を私の胸元に伸ばした。優しい五本の指が背広の内側に入ってきて、私の胸に触れた。

「大学の頃より硬いわね」

夕子の顔から笑みが消えかかり、代わりに不安の色が浮かびそうになった。私は左手を夕子の頬に伸ばし、手のひらを添えた。親指を動かして、右の眉（まゆ）とまぶたをさすると、夕子の顔に笑みが戻った。

「遥と二人で待ってますから」

私ははっきりとうなずいて、言った。

「必ず迎えに行くから」

私と夕子は、同時にお互いの身体から手を離した。夕子が床に置いてあった通勤カバンを持ち上げ、私に手渡した。受け取って踵（きびす）を返そうとした時、私はふと思い出して、背広の襟をつまみながら、言った。

「これ、ありがとう」

「遥に言ってください」と夕子は言った。「ほとんどは遥の貯金で買ったものですから」

「……行ってくる」

ようやくそれだけを喉（のど）から搾り出して、踵を返し、玄関のドアを開けた。

門扉の前で立ち止まり、遥の部屋の窓を見上げた。相変わらずカーテンが閉まったままだ。

今夜、私があの窓を開け放ってやる。

絶対に。

午前八時三十分。

ＪＲの高田馬場駅に着いた。

改札には南方の姿があった。

「行きましょうか」

南方から微笑みとともに差し出された言葉に、うなずいた。

私たちは黙々と目的地に向かって、歩いた。十分ほど経った頃、戸山公園に着いた。入ってすぐの広場に、ざっと見て五十人ほどの若者たちがたむろしていた。みんながみんな、独特の服装をしている。私の目についたのは、『死亡遊戯』でブルース・リーが着ていた、黄色地に黒のラインが入ったつなぎを着ている男だった。やや前髪が短めで、髪型までブルース・リーそっくりだった。

「僕たちと同じ高校の仲間です」隣を歩いていた南方が、言った。「今日の対決を手伝ってくれるんです」

南方についていくと、広場のほぼ真ん中にあるベンチに着いた。徐々にみんなの視線が私たちに集まり始めている。南方が、ぴょんとベンチに飛び乗り、口の中に指を入れ、指笛を吹いた。

ピーッ！

みんなの視線がいっせいにこちらに向いた。みんながぞろぞろとベンチの前に寄ってきて、思い思いの恰好で座り始めた。みんなひと癖もふた癖もある顔をしている。固まりの最前列には、朴舜臣、板良敷、萱野、山下の顔があった。

朝の公園に、厳粛な静寂が漂った。ベンチの上の南方が、みんなの顔を見まわして、ゆっくりと口を開いた。

「そんなわけで、秋の予行演習っつーことで」

秋の予行演習？

南方は私のほうを向き、なんかありますか？　という視線で、私を見つめた。意味不明で、あまりにも短いスピーチに呆気に取られていた私は、思いついた言葉を慌ててみんなに向かって口にした。

「私のために、どうもありがとう」

私がブルース・リー式の礼をみんなにすると、南方の声が後頭部に降ってきた。

「違いますよ、鈴木さん。鈴木さんは僕たちなんです。鈴木さんは僕たちのために闘うんです」

頭を上げた。みんなが私に向かって、いっせいにうなずいた。南方は続けた。

「だから、勝っちゃってください」

うなずいた。

南方が叫んだ。

「さあ、蹴散らすぞ！」

みんなはいっせいに立ち上がり、ハイタッチをしたり、胸をぶつけ合ったり、抱き合ったりして士気を高めていた。山下の満面の笑みに視線が引き寄せられた。山下も、叫んだ。

「楽しそう！」

板良敷、萱野、山下を先頭にして、集団が公園の出口に向かっている。朴舜臣が私の前まで来て、立ち止まった。

「よく眠れたか？」

うなずいた。

集団の最後尾が公園の出口に達した時、南方はベンチから飛び降りた。

「さあ、僕たちも行きましょう」

私と南方と朴舜臣は集団のお尻にくっつき、石原の高校に向かって、歩いた。

十分ほど行って、石原の高校に繋がる一本道に乗った時のことだった。それは、本当に自然の衝動だった。私の口から出てきたのは、はるかむかしにおぼえた詩だった。

松明のごとく、なんじの身より火花の飛び散るとき
なんじ知らずや、わが身を焦がしつつ自由の身となれるを
持てるものは失われるべきさだめにあるを

残るはただ灰と、嵐のごとく深淵に落ちゆく混迷のみなるを
永遠の勝利の暁に、灰の底深く
燦然たるダイヤモンドの残らんことを

私が口ずさみ終わると、隣を歩いていた朴舜臣が、尋ねた。

「渋いな。誰の詩だよ」

私は非難の眼差しで朴舜臣を見て、言った。

「なんだ、見たことないのか、『灰とダイヤモンド』。テンション下がるなあ……」

朴舜臣は、ふん、と鼻を鳴らし、訊いた。

「その映画、主人公は勝つのかよ?」

「勝たない」と私は答えた。

「そんな映画、興味ねえな」

私と朴舜臣は一瞬の間のあと、微笑みを交わした。

石原の高校の正門まで、あと十メートルという位置で、集団の先頭が止まった。校庭では始業式が行われていて、校長の訓辞らしき声が、マイクを通してこちらにまで伝わってきていた。

「――二学期も引き続き、我が校の名に恥じぬような規律と行動をもって……」

前のほうに目を向けると、板良敷がテキパキと指示を出し、集団がキビキビと動いていた。リュックサックを背負っている人間が十人ほどいて、その連中は中から黒い色の手錠とガムテープを取り出し、みんなにそれらを配っている。萱野は背負っていたリュックの中から小型のデジタルビデオカメラを取り出し、特定の数人に持たせていた。校庭のほうから拍手の音が聞こえて来た。そして、音が止むと、続けて次のような声が――。

「引き続き、平沢先生からお知らせがあります」

また拍手の音が短く響き、止んだ。

「みなさんに報告があります――」

間違いなく平沢の声だ。

「去る八月一日から行われました高校総体において、ボクシング部三年の石原勇輔君が、見事に三連覇を成し遂げました――」

明らかに義務的な拍手の音が湧き起こり、すぐに消えた。

「石原君の栄冠は、日々のたゆまぬ努力と、独立自尊の精神のたまものであります――」

板良敷と萱野と山下が私に近づいてきた。

「準備ができたんで、行きます」と板良敷。

うなずいた。

「がんばってください」と萱野。

うなずいた。

山下は感極まっているのか、泣き笑いのような表情を浮かべて、私を見つめている。私は手を伸ばして、山下の頭を撫でた。山下の顔に、いつもの笑顔が戻った。

「頼んだぞ」

南方の言葉に三人はうなずき、踵を返して先頭に戻っていった。

集団が動いた。次々と頼もしい連中が正門に向かって突進していく。ある者は私に向かってガッツポーズを向け、ある者はVサインを向け、そして、『死亡遊戯』のつなぎを着た者はブルース・リーの顔マネを向け、私の前から離れて行った。彼らの思いに報いる方法はひとつしかなかった。

残された私と南方と朴舜臣は、正門に向け、ゆっくりと歩いた。

「石原君は我が校の基本精神に忠実に則り、実践して、我が校の誇りとなってくれました――」

平沢がそこまで言った時、正門前に着いた。

「こうすればよく見えますよ」

南方はそう言って、正門の脇の花壇にのぼり、門柱に手を掛けたあと、身体を引き上げ、門柱の上に座った。私も同じ手順で南方の隣に座った。私たちの側はいっぱいだったので、朴舜臣は反対側の門柱の上に乗った。確かに、校庭で起きていることが、よく見えた。

板良敷が率いる集団は、生徒たちの行列のブロックの脇を擦り抜け、朝礼台に向かって火のような速さで突進していた。しかし、ビデオカメラを持った連中は反対方向の、校舎の入口目指して走っている。生徒たちの関心はすでに朝礼台の上のものにはなく、突然の闖入者(ちんにゅうしゃ)たちに向けられていた。一気に無関心の的になった平沢は、訝(いぶか)しげな表情を浮かべ、生徒たちの顔が向いているほうへ視線をやった。あからさまな困惑の色が、平沢の顔にはっきりと点(とも)った。

「な、なんなんだ君たちは！」

その声が合図だったかのように、板良敷率いる集団が、朝礼台の脇に陣取って椅子に座っている教師たちに襲い掛かった。そして、まずは教師たちを地面にうつぶせに倒し、次に後ろ手に手錠をかけ、最後に足首のあたりでガムテープをグルグルと巻き、とどめに口にガムテープを貼りつけていく。一人の教師に対して三人が襲い掛かる、という規則性をちゃんと持つ、水際立った動きだった。

「教師さえ無力にしてしまえば、学校を制圧するのはたやすいんです」と南方は事も無げに言った。「それにしても、学校って不思議な場所だと思いませんか？　あんなに少ない教師たちが、こんなに大勢の生徒を支配下に置いて、言いつけを守らせてるんですよ」

「こんなことをして、君たちは大丈夫なのか？」

「遥さんが運び込まれた夜の当直医をおぼえてますか？」と南方は訊いた。

うなずいた。

「あいつはこの学校出身で、平沢たちのお抱えだったんですよ。本当は警察に通報しなくちゃならないのに、金をもらってこれまでいくつもの事件を揉み消してたんです。そんなわけで、奴の証言をビデオに撮っておいたんで、いざとなったらそれで取引しますよ」

南方はそう言って、臆することない笑みを私に向けた。私は少しだけ呆れて、首を横に振った。

「当直医をどうやって白状させたかは、あえて訊かないでおくよ。それにしても、よくこんなことを思いつくよ」

そう言ってすぐに、頭の片隅に引っ掛かるものを見つけた。少し前に遥に聞いた、チケット制で関係者以外は入れない遥の高校の学園祭に潜り込もうとする連中の話だった。確か、その連中は遥の高校の近所にある、オチコボレ男子校の生徒たちだと聞いたおぼえがある――。

頭の中で鍵(かぎ)が鍵穴にはまる、カチリという音が鳴ったような気がした。私が遥の高校名を言った時の、南方らの反応。三浦直子の、「学園祭、楽しみにしてますから」という言葉。秋の予行演習、という言葉。そして、いかにもそういうことをやりそうな連中だった。

「遥によく言っておくよ」と私は言った。「学園祭の時には君たちを応援してやるように、って」

南方は一瞬の間のあと、悪戯(いたずら)っぽい笑みを顔に広げた。

「よろしくお願いしますね。どうも校内に入り込んだあとの反応が悪くて困ってるんです。僕たちの良い噂を流してくれるようにって、遥さんに伝えておいてください」

「ハンサム揃いだって、言っておくよ」

「かなり誇大広告気味ですね」

南方がそう言って笑った時、眩(まぶ)しい光の矢が私と南方の横顔を交互に襲った。私たちは額に手をあてて庇(ひさし)を作り、矢が放たれている斜め後ろの方角に顔を向けた。学校から少し離れた場所にある、背の高いマンションの屋上で、鏡を私たちに向けている人間がいた。

「アギーですよ」と南方は言った。

佐藤は鏡をしまい、代わりに手を振った。よく見ると、隣にもう一人手を振っている人間がいて、背恰好(せかっこう)や髪の長さからすると、どうも女の子らしかった。

「まさに高みの見物ですね」

南方は少し呆れたようにそう言って、顔を引き締めた。

「そろそろ僕の出番なんで、行きます」

掛けるべき言葉を必死に探したが、見つからなかったので、南方の頭を乱暴に撫でた。

南方は赤ん坊のような顔で微笑み、それじゃ、と言って、門柱から下りた。

「ちょっと待って！」

南方に慌てて声を掛け、内ポケットから白い封筒を取り出し、南方に放った。南方は封筒を見事にキャッチし、しっかりとうなずいた。そして、正門を通り、堂々と校庭へと入っていった。

視線を校庭に戻した。朝礼台のまわりでは、校長を含む教師たち全員が地面に転がされている中、安倍ただ一人だけが果敢に抵抗していた。平沢は理解不能な事の成り行きに、朝礼台の上でただオロオロとしている。生徒たちは教師たちが蹂躙(じゅうりん)されているのを、何かのアトラクションでも眺めるように、興味深げに眺めていた。誰一人として助けに行こうとはしていない。

板良敷と萱野と山下が、安倍の前に立ちはだかった。安倍は三人の内の誰にともなく、ボクシングのファイティングポーズを取ったが、すぐに照準を山下に定め、こぶしを向けた。山下の横顔が、また俺だよ、という感じに歪んだ。安倍の膝が少しだけ沈み、攻撃の体勢が整った。山下は諦めたように両手を広げ、玉砕覚悟で安倍に飛び込んでいった、のだったが、それが当たり前のように、見事に前のめりに蹴つまずいた。安倍は山下の突進に反応して素早くパンチを繰り出したが、的をなくした腕は宙に向かって伸び切り、勢い余って上半身が前のめりに流れた。そして、次の瞬間、山下のおでこが安倍の顎先に当たる、ガツン、という音が校庭に響き渡った。見事なカウンターだった。意識を失った安倍は胸に倒れ込んできた山下の身体を受け止めながら、ドスン、という音とともに仰向けに倒れた。

板良敷と萱野はゲラゲラと笑いながら、まずは山下を助け起こし、次に、安倍をうつぶせにして、手錠をかけ、ガムテープで足首を何重にも巻いた。山下は痛そうにおでこを両手でさすっていた。

「なんだ貴様は！」

マイクを通した平沢の叫び声が、あたり一帯にこだました。朝礼台の上を見ると、いつの間にか南方が乗っていて、平沢と向かい合っている。南方がにじり寄ると、平沢は身体をすくめながらあとずさった。片足が朝礼台の縁に掛かり、平沢の動きが止まった。南方の口が動いた。マイクがその声を拾い、校庭に満ちた。

「誇りが聞いて呆れるよ」

南方が左手を伸ばして、平沢の胸を軽く押した。平沢はなす術もなく背中から地面へと落ちていった。地面にへたり込んでいる平沢のもとに、板良敷と萱野が駆け寄り、流れるような動きで手錠を掛け、ガムテープを足に巻き、平沢の自由を奪った。朝礼台の上の南方が、ジーパンのお尻のポケットに手を伸ばし、白い封筒を抜き出した。そして、封筒の口から少しだけ札びらを出したあと、平沢に向かって放り投げた。また、マイクが南方の声を拾った。

「鈴木さんからだ」

「おっさん」

唐突に下から呼び掛けられ、驚きで身体が震えた。朴舜臣が花壇の前に立ち、手招きをしている。急いで門柱から下り、朴舜臣の前に立った。

「俺は行くよ」

朴舜臣の眉尻の傷は真っ赤になっていた。私はうなずいた。

「自分を信じられなくなった時」朴舜臣はそこまで言って、左手の人差し指の先を私の心臓のあたりにくっつけた。「ここに恐怖が入り込んで、おっさんは一歩だって動けなくなるだろう」

人差し指が離れた。

「おっさんは背中に中身がいっぱい詰まった透明のリュックサックをしょってる。石原の背中にはなんにもない。どんなことがあっても、自分を信じることだ」

私は朴舜臣の目を見つめて、言った。

「私は、君を信じるよ」

朴舜臣はかすかに微笑み、校庭に向かって足を動かそうとした。

「朴君！」

私は咄嗟に朴舜臣を引き止めた。朴舜臣は、なんだ？　という感じで、少しだけ目を細めて私を見た。

「私は……勝てるかな？」

私の問いに、朴舜臣は一片の迷いもなく、答えた。

「勝つのは簡単だよ。問題は勝ちの向こう側にあるものだ」

私の戸惑いにもかかわらず、朴舜臣は私のもとを離れ、校庭へと入っていった。

コンコン。

マイクを指で叩く音が、校庭に響き渡った。

続けて、リングアナウンサー口調の南方の声が、雷鳴のように轟いた。

「ただいまより、時間無制限一本勝負を行います！ 青コーナー、これまで数々の悪事を金と権力で揉み消してきた、汚れたインターハイチャンピオン、石原勇輔！」

南方が校庭の、ある一点に向けて、右手の人差し指を勢い良く差した。校庭が一気にざわついた。乱れていなかった生徒たちの列が、その一点を中心にして歪み、膨らみ始めている。

「続いて、挑戦者の紹介です！ 赤コーナー、石原の悪事を許せない男、我らがヒーロー、鈴木一！」

南方が私に向かって、人差し指を向けた。全校生徒がいっせいに私のほうを振り向いた。私は大きく息をついたあと、足を動かし、正門を通って校庭に入った。生徒たちの列がどんどん乱れて、広がって行く。よく見ると、いつの間にか私の心強い味方の私服軍団が生徒たちの中に分け入っていて、うまい具合に押しやり、大きな円を形作ろうとしていた。

気がつくと、私の目の前には一筋の道が敷かれていた。その道の中には生徒たちの姿はなく、二十メートルほど先に、ただ一人だけ見覚えのある顔が立っていた。私は仇敵へと至る道を、生徒たちの好奇の視線をめいっぱいに浴びながら、歩いた。

円が欠けている場所から中に入り込むと、すぐに生徒たちが押し寄せて隙間を埋め、円が閉じられた。私は石原に向かって歩を進め、五メートルほど離れた位置で足を止めた。

私服軍団は私と石原を中心にした円を、どんどん押し広げていっている。闘うには充分なスペースが確保されていく。

石原と目が合った。石原は必死に記憶を探っているのか、目を細めながら遠い目で私を見つめている。しかし、すぐに諦めたのか、どうでもいいや、というふうに小馬鹿にした笑みを私に向け、足元に唾を吐いた。それが合図だったかのように、南方の声が校庭に響いた。

「えー、忘れてました。石原と悪事をする時はいつも一緒の、ボクシング部の小林君と福田君、石原のセコンドとしてそばについてください」

円の中に二人の姿は現れない。

「もう一度言います。石原の腰巾着の小林君と福田君、リングの中に入ってきてください」

リングを形作っている生徒たちのあいだから、早く出てこい！という野次が飛び交った。円の外から押し込まれるようにして、小林と福田らしき男二人が、リングに登場してきた。この前、渋谷で見掛けた二人組だった。三浦直子が言っていた二人組も、こいつらに間違いないだろう。二人は石原のもとに駆け寄り、戸惑い顔ながらも水戸黄門に付き従う助さん格さんよろしく、石原の背後に立った。しかし、リングに入ってきていたのは二人だけではなかった。私には見えていた。権力や権威や偏見や因習をまとめてクシャクシャに丸め、ゴミくず同然に廃棄することができる男も一緒に入り込んでいたのを。

朴舜臣の手が背後から伸び、小林の肩を軽く叩いた。小林が反射的に振り返った。そこから先に何が起こったのかは、見えなかった。しかし、小林は次の瞬間には地面に昏倒し、生徒たちのあいだからは、うわっ、という短い悲鳴が上がった。悲鳴の余韻が過ぎ去る間もなく、今度は福田が身体を前に丸めながら、地面に倒れた。瞬く間の出来事で、そこに至ってようやく石原が後ろを振り返った。石原は地面に力なく横たわっている二人の姿を見下ろしたあと、朴舜臣に向かって素早くファイティングポーズを取った。朴舜臣は不敵に、ニヤリ、と笑い、右手の人差し指を顔の前に立て、左右に振った。そして、その指が水平に倒れ、私に向けられた。朴舜臣の指に導かれるようにして、石原が再び私に向き直った。石原はあからさまに見下した表情で、私なんかでは物足りないとでも言うように、肩をすくめた。

私服軍団が六人、リングの中に入ってきて、三人ずつの手分けで小林と福田をリング外に運び出していった。朴舜臣があとずさり、円の内側のラインまで下がった。

こうして、円の中には、私と石原だけになった。私は石原の敵意の眼差しを受けながら、上着を脱ぎ、地面に放った。次に、ネクタイをほどき、上着の上に落とした。ワイシャツのボタンを上から三つだけ外す。

私の用意が整うと、石原が嘲笑を浮かべながら、右構えのオーソドックススタイルのファイティングポーズを取った。校庭には、長い年月をかけて醸成したような、本物の緊迫感が漂っていた。そして、圧倒的な静寂。不自然な静けさが肌を刺し、痛い。不思議だ。心臓の音が、両耳の後ろから聞こえてきている。石原との距離は五メートル。遠過ぎる。さあ、動け。足を動かし、二メートル分だけ石原ににじり寄った。身体が重い。呼吸をするのを忘れていて眼圧が高くなり、石原の姿がぼやけた。慌てて息を吸い込む。私の様子に気づき、石原が憐れみのような笑みを唇の端に吊り下げ、ファイティングポーズを取ったまま、おちょくるように左のこぶしをクルクルと顔の前でまわした。

どうした！　という野次が飛んだ。それに唱和するように、方々から荒っぽい声が上がったが、私が膝を少しだけ曲げて重心を落とすと、一気に止んだ。再び、どこかから借りてきたような静寂が校庭を満たした。石原に気づかれないように、かすかに視線を落として、前に出ている石原の左足に照準を合わせた。用意は整った。あとは石原の世界に飛び込んでいくだけだ。しかし、飛び込むタイミングがうまく摑めない。それに、石原の圧力が目に見えないかたまりとなって私と石原のあいだに存在し、私の胸をグイグイと押している。何百戦とこなした想像上の対決では、こんな圧力は存在しなかった。私の貧弱な想像に勝る現実が私の身体をがんじがらめにし、動けなくしている。石原の圧力が口から喉(のど)に入り込んできた。呼吸がうまく出来ない。苦しい、苦しい、苦しい——。

飛び込んだ。

しかし、スピードも、勢いも、キレも、そして、勝つ気さえもなかった。ただ一刻も早く、苦しみから解放されたかったのだ。それがたとえ敗北を招く結果になったとしても。

石原の射程圏内に入った時、意思に反して私の足が止まり、棒立ちになった。私の足を止めたのは、これまで体験したことのない恐怖だった。これまで特訓で向かって行っていたのは朴舜臣だった。朴舜臣は味方だった。しかし、いま私の目の前にいるのは紛れもない敵で、それも、剝(む)き出しの敵意を私に浴びせていた。その敵意が私の全身をあっという間に包み込み、動きを止め、それと同時に私の中にあった甘えに気づかせ、背後に隠れていた恐怖を呼び覚ましてしまった。

突然、衝撃が鼻のあたりを襲い、カメラのフラッシュのような光が目の前で瞬いた。ワンテンポ遅れて、神経を取り出し、直接いたぶられたような痛み。これまで経験したことのない痛み。敵意がたっぷりとこもった痛み。鼻を両手で押さえた。痛い、痛い、痛い。

痛みを堪(こら)えるために、叫びたい。

石原の左のこぶしがいつ動いたのか、まったく見えなかった。私は叫ぶ代わりに、急いで二、三歩あとずさって石原と距離を取ったあと、しゃがみ込み、地面に左膝をついた。鼻の奥から冷たい液体が流れ始めたのが分かる。あっという間に両手が赤く染まった。血を見たせいか、生徒たちが興奮し、喚声(かんせい)があちこちで上がった。

ざまあみろ！

クソオヤジ！

ダメサラリーマン！

くたばれ！

石原を見上げた。追撃の姿勢は取っていない。両手をだらりと垂らし、合点が行ったような表情で私を見下ろしている。石原の口が開いた。

「確か、インターハイの前に病院で会ったよな？　その情けねえツラを見て思い出したよ。娘は元気かよ。よろしく言っといてくれよな」

石原の顔に嘲笑が浮かび、蔑(さげす)みの声が私の身体を激しく打った。

「俺に勝てるとでも思ったのかよ？　あ？」

顔を横にずらし、私と石原を結ぶ直線上に立っている朴舜臣を見た。朴舜臣はジーパンのポケットに親指だけを入れながら立ち、無表情に私を見つめている。

視線を右まわりにゆっくりと動かした。いつの間にか南方が円の内側のラインの前に立ち、私を見ていた。板良敷も、萱野も。みんな無表情だ。

私に何を望んでるんだ？　私はがんばっただろ？　いまこの場所にいるだけでもすごいことじゃないか？

右膝に痛みを感じた。

そうだ、朴舜臣は私の右膝の痛みのことを知っている。右膝の故障で立てなかったことにしよう。あとは朴舜臣や南方や板良敷や萱野らがどうにかしてくれるだろう。あれ？山下は？　山下はどこだ？

首をまわし、右斜め後ろを見た。いた。山下はどういうわけか鼻血を流している。それも、両方の鼻の穴から。後ろから何人もの生徒にお尻（しり）を蹴（け）られたり、背中を小突かれても、対決の円を守ろうと、両手を広げ仁王立ちしている。

目が合った。その時、後ろから強い力で押され、山下の左半身が前方に傾いた。広げていた左腕が、まるで助けを求めるみたいに私に向かって差し延べられていた。左手の指先が、かすかに揺れている。それまで歯を食いしばっていた山下の顔が、クシャクシャに歪（ゆが）んで、泣きべそをかいているような表情に変わった――。

大きく深呼吸をした。

なあ、そんな顔するなよ。

いますぐに立ち上がるから。

少し休んでただけなんだぜ。

すぐに笑顔に変えてやるからな。

愛してるぞ、山下。

見てろよ。


両手を鼻から離した。

血が校庭に滴り落ちる。

立ち上がろうとすると、右膝に鈍い痛みが走った。

ふざけるな。使いものにならないなら、いますぐに切って捨ててやるぞ。

痛みが逃げ去った。

立ち上がった。

私服軍団から、爆発的な歓声が起こった。石原の顔から嘲笑が消えた。両手の血をワイシャツの腹のあたりで拭（ぬぐ）い、左手を石原に向かって差し延べた。そして、手のひらを上に向け、親指を除く四本の指を動かし、おいでおいで、をやった。私服軍団からは歓声が湧き、生徒たちからは野次が飛んだ。石原の目に凶暴な色が浮かんでいる。

石原ににじり寄った。一瞬にして音の渦が消えた。石原との距離は三メートル。鼻から息を吸い込み、空気を腹まで満たして、口から吐き出した。良い具合に力が抜けた。膝を軽く曲げ、少しだけ体重を前に傾ける。石原が構えた。いつもの通りのオーソドックススタイル。前に出ている左足を捕捉する。あとは飛び込むだけ。私はつぶやいた。

「松明のごとく、なんじの身より火花の飛び散るとき、なんじ知らずや、わが身を焦がしつつ自由の身となれるを――」

石原の顔に怪訝な色が現れた。

おまえに分かるもんか。

行くぞ。

飛び散れ――。

束の間、私をめぐる世界はゆっくりと流れていった。まるでスローモーションのように。私には見えていた。石原の左のこぶしが動き出す瞬間も、私に向かって伸びてくる時の腕の筋肉の収縮さえも、はっきりと。そして、その世界の中で、私は想像で何百回と繰り返した動作を、忠実になぞった。

石原の左のこぶしが私の額にぶつかろうとした瞬間、私は思い切り膝を折り曲げ、石原の左足目掛けて飛びついた。鋭敏になっている聴覚が、パンチが空を切る、ぶん、という音を拾った。そして、私が石原の左のふとももを抱え込んだ時の、うおっ、という石原の短い悲鳴も。

ふとももをしっかりと抱えたまま、少しだけ背中を伸ばし、左の肩口を石原の腹のあたりにくっつけたあと、左足を上に持ち上げるようにして体重を前にかけた。石原のバランスが崩れ、上半身が後ろに傾いていく。石原は咄嗟に右足を後ろに引き、転ぶまいとどうにか踏ん張ったが、残念ながら、もう手遅れだった。私は素早い動きで左手を石原のふとももから離し、石原の右足の踵のあたりに伸ばした。石原が地面に立っていられる唯一の立脚点を掴み、手前に思い切り引っ張った。同時に、左の肩口も押し込む。石原の右足の踵が地面から浮いたのを見計らって、左の肩口に全体重を載せるように身体を前に傾けると、石原はなす術もなく背中から地面に落ちていった。

ドスン、という音。校庭を覆う拍子抜けするほどの静寂。痛みで歪んでいる石原の顔。

私は身体を密着させながら石原の身体をずり上がっていき、石原の腹を跨いで座り、馬乗りになった。私は深呼吸をしたあと、石原に言った。

「ボクシングは立ってやる競技だったよな？」

石原の顔が恐怖でいっぱいになった。慌てて両腕をめちゃくちゃに動かし、私に向かってパンチを繰り出したが、下からは届かない。石原はすでに私の世界にいるのだ。疲れて、石原の腕の動きが止まった時、言った。

「こんなふうにして、私の娘を殴ったのか？」

右のパンチを、石原の顔目掛けて思い切り振り下ろした。石原は咄嗟に両腕を顔の前に置き、ガードをした。私のこぶしが石原の尺骨にあたる、ゴツン、という音が鳴った。次に、左のパンチを振り下ろした。ゴツン。右。ゴツン。左。ゴツン。右。どうした、石原？ 抵抗してみろよ。

喚声が戻り始めた。私への声援もちらほらと聞こえる。もっと殴れ！ という声があちこちから上がる。オーケー、オーケー。

私の全身は、生まれて初めての感情に満たされつつあった。怒り？ 憎しみ？ 悦(よろこ)び？ とにかく、それらに似たものだった。二度と手放すものか。

それまでより強い力を込めて、パンチを振り下ろした。石原の両腕のガードが開いていき、真ん中に隙間が開いた。その機を逃さず、右のパンチを石原の鼻面に伸ばした。こぶしがまともにぶつかり、石原は、ひいっ、という短い悲鳴を上げた。鼻の穴から血が流れ始めている。私がまたパンチを繰り出そうとすると、石原は恐慌に陥り、とにかくパンチの雨から逃げようとして上半身を捻(ひね)るようにしながら、うつぶせになろうとした。計画通りだった。私は石原がうつぶせになりやすいように、腹にべったりとつけていた尻を少しだけ上げた。石原の身体が私の股の下でクルッとまわり、石原はうつぶせになった。私は上半身を前に倒し、胸を石原の背中に密着させた。そして、左手を地面と石原の首の隙間に潜り込ませ、手前に引いた。石原の首に、左手の前腕がぴったりと絡まった。親指側の骨である橈骨を、立てるようにして石原の頸動脈のあたりに添えたあと、右手で左手の手首を掴み、手前に引き絞るようにロックした。

《裸絞め》が完全に極まった。ここまでは、頭の中で何百回も繰り広げた想像の闘いの末に到達していた。ここから先は未知の領域だった。

石原の、ひぃひぃ、という苦しげな息遣いが聞こえる。私の鼻から鼻血が滴り落ち、地面を深い赤で汚している。おかしい。どういうわけか喚声が徐々に遠ざかっていく。心臓の、ドクンドクン、という音と、血が地面を叩く、ポタポタ、という音だけを残して、他の音が消えていく。やがては、それらの二つの音も消えた。私は音が生きていることを確かめるために、すぐそばにある石原の右の耳に向かって、言った。

「死ね……」

確かに聞こえた。しかし、いままでに聞いたことのない声だった。いま、喋ったのは誰だ？　それより、何秒経った？　思い出せない――。

その時だった。

朴舜臣の声が、無音の世界に響き渡った。

大切なものを守りたいんだろ？　おっさん
顔を上げた。少し先に、朴舜臣が立っていた。相変わらず無表情で、私を見下ろしている。朴舜臣の後ろでは、生徒たちがものすごい形相でこぶしを振り上げ、私を煽っている。これは私の闘いのはずなのに、いったい何に突き動かされているのだ？　怒り？　憎しみ？　悦び？

――間違いだ。

私は慌てて右手を離し、ロックを解いた。左腕を石原の首から抜き取る。石原の頭が、がっくりと前にうなだれた。胸を石原の背中から離し、右足を動かして石原の身体から下りたあと、石原の両脇を抱えて裏返し、仰向けに寝かせた。石原の両方の頬を叩いた。数秒の間があって、閉じていた石原の目が開き、私を見た。怯えの色が一気に目に宿る。私は逃げ出そうとする石原の胸元を押さえ、もう一度石原の両方の頬を叩き、言った。

「二度と私の娘に近づくな。分かったな？」

石原の全身からがっくりと力が抜けていくのが、分かった。石原は疲れ切った顔で目を閉じ、後頭部をべったりと地面につけて、横たわった。

私は、ゆっくりと立ち上がった。

静かだ。

音が戻っていない。

まわりを見まわした。生徒たちは戸惑った顔で、私を凝視している。

突然、遠くで何かが破裂するような音が轟いた。

校庭にいるすべての人間の視線が、音のほうに向いた。

佐藤がいるマンションの上空で、白い煙が上がっている。また、パン、という破裂音。

打ち上げ花火だ。しかし、色は快晴の空の青に飲み込まれ、煙の白だけが生き残っている。

パン！

その音を合図に、色の代わりに私服軍団から歓声が打ち上げられた。

うおーっ！

私服軍団は口を大きく開け、全身を震わせながら、吠えている。犬歯が剝き出しになっていて、まるで相変わらず困惑顔の生徒たちを威嚇しているみたいだ。私の身体は彼らの吠え声に感応し、小さく震えた。六十兆の細胞が、煮え立っている。四十度以上の発熱を感じる。私の中で何かが産声を上げている。なんで我慢してるんだ？

吠えた。

うおーっ！

まるで獣の声。そう、獣は決して無意味に殺し合わない。私は獣のように理性を保っていられた。

うおーっ！

顔を空に向け、もう一度吠えた。私に合わせて、私服軍団も吠えた。校庭に獣たちの吠え声が満ちた。地球が震えている。世界の色が変わっていく。

顔を下ろすと、目の前に、南方、朴舜臣、板良敷、萱野、山下が並んでいた。朴舜臣が私に向かって動こうとしたので、私は機先を制し、左腕を朴舜臣に向かってまっすぐに伸ばした。束の間、無表情で見つめ合ったあと、私は微笑みを朴舜臣に送り、左腕を右腕とともに広げ、胸を開いた。朴舜臣が胸に入ってきた。私たちは堅く抱き締め合った。

なんという安堵(あんど)感。なんという幸福感。

朴舜臣が、身体を離し、厳かな口調で、言った。

「ご苦労様でした」

私はうなずき、答えた。

「ありがとう」

私は南方らに近づき、みんなとハイタッチを交わした。

パチン、パチン、パチン、パチン。

山下が小脇に抱えていた私の上着とネクタイを差し出した。山下の鼻からは、相変わらず血が出ている。私はワイシャツを脱ぎ、ハンカチの代わりに山下の鼻にあて、血を拭ってやった。山下が私の手からワイシャツを奪い取り、今度は私の顔についている血を拭ってくれた。私は山下の頭を乱暴に撫でた。山下の顔に、一片の曇りもない笑みが広がった。

タンクトップの上に上着を着込み、ネクタイをポケットにねじ込んだ。私はみんなの顔を見まわしたあと、目をつぶって天を仰ぎ、鼻から思い切り息を吸い込んで、口から吐いた。そして、目を開け、視線をみんなに戻し、言った。

「この世界は素晴らしいな。いまから迎えに行ってくるよ。石原を絞め落としたこの腕で、遥を思い切り抱き締めてやるんだ。そして、この素晴らしい世界に遥を連れ出してやるんだ」

みんなが微笑みながら、うなずいた。

南方が、校舎のほうを指差しながら、言った。

「一部始終はデジカメにばっちり撮っておきましたから、家族のビデオライブラリーに加えてください」

四つの校舎の最上階の教室の窓から、ひとつの校舎に二人ずつの八人のデジカメ部隊が、こちらに向かって手を振っていた。私は手を振り返した。

板良敷が言った。

「いやー、それにしてもカッコよかったですよ」

萱野が追随する。

「ほんとほんと」

私が照れて、そうかな、と言いながら微笑むと、朴舜臣の石のような声が私に向かって投げられた。

「テヘッて笑ってんじゃねえよ、テヘッて。気持悪いなあ」

「すいません」

私が身を縮めながらそう言うと、山下が、とにかく、と前置きし、叫んだ。

「楽しかった！」

私はうなずき、言った。

「行くよ」

「あとは任せてください」

南方の言葉に、またうなずいた。

私はみんなにブルース・リー式の礼をし、踵を返した。私服軍団が円をこじ開けて、私の帰り道を作ってくれていた。私は彼らが敷いてくれた道を、堂々と歩いた。ところどころから、生徒たちの野次が飛んだ。ふざけるな、とか、勝ったと思うなよ、とかそういった類の。

私が気にするとでも？

私は両腕を羽のように水平に伸ばした。

そして、ゆっくりと振り下ろした——。

なあ、遥。

私はまだ鷹には程遠いけれど、いま、飛べそうな気がしてるんだ。

どうしてかな。

いますぐにでもおまえに会いたいよ。

もう少しだけ待っててくれ。

いまから、

飛んで行くよ。

主要参考文献

『灰とダイヤモンド』上・下　岩波文庫

イェージイ・アンジェイェフスキ著　川上洸訳

本書は二〇〇五年五月に刊行された単行本を
加筆・訂正して文庫化したものです。

フライ，ダディ，フライ

金城一紀

角川文庫 15559

平成二十一年四月二十五日　初版発行

発行者—井上伸一郎
発行所—株式会社角川書店
東京都千代田区富士見二—十三—三
電話・編集（〇三）三二三八—八五五五
〒一〇二—八〇七八
発売元—株式会社角川グループパブリッシング
東京都千代田区富士見二—十三—三
電話・営業（〇三）三二三八—八五二一
〒一〇二—八一七七
http://www.kadokawa.co.jp

印刷所—旭印刷　製本所—BBC
装幀者—杉浦康平

落丁・乱丁本は角川グループ受注センター読者係にお送りください。送料は小社負担でお取り替えいたします。

定価はカバーに明記してあります。

か 50-3　ISBN978-4-04-385203-1　C0193

角川文庫発刊に際して

角川源義

第二次世界大戦の敗北は、軍事力の敗北であった以上に、私たちの若い文化力の敗退であった。私たちの文化が戦争に対して如何に無力であり、単なるあだ花に過ぎなかったかを、私たちは身を以て体験し痛感した。西洋近代文化の摂取にとって、明治以後八十年の歳月は決して短かすぎたとは言えない。にもかかわらず、近代文化の伝統を確立し、自由な批判と柔軟な良識に富む文化層として自らを形成することに私たちは失敗して来た。そしてこれは、各層への文化の普及滲透を任務とする出版人の責任でもあった。

一九四五年以来、私たちは再び振出しに戻り、第一歩から踏み出すことを余儀なくされた。これは大きな不幸ではあるが、反面、これまでの混沌・未熟・歪曲の中にあった我が国の文化に秩序と確たる基礎を齎らすためには絶好の機会でもある。角川書店は、このような祖国の文化的危機にあたり、微力をも顧みず再建の礎石たるべき抱負と決意とをもって出発したが、ここに創立以来の念願を果すべく角川文庫を発刊する。これまで刊行されたあらゆる全集叢書文庫類の長所と短所とを検討し、古今東西の不朽の典籍を、良心的編集のもとに、廉価に、そして書架にふさわしい美本として、多くのひとびとに提供しようとする。しかし私たちは徒らに百科全書的な知識のジレッタントを作ることを目的とせず、あくまで祖国の文化に秩序と再建への道を示し、この文庫を角川書店の栄ある事業として、今後永久に継続発展せしめ、学芸と教養との殿堂として大成せんことを期したい。多くの読書子の愛情ある忠言と支持とによって、この希望と抱負とを完遂せしめられんことを願う。

一九四九年五月三日

ISBN 978-4-04-385201-7

ISBN 978-4-04-385202-4

角川文庫ベストセラー